Naoto & Masaki
「深想心理」

深想心理

二重螺旋5

吉原理恵子

キャラ文庫

この作品はフィクションです。
実在の人物・団体・事件などにはいっさい関係ありません。

【目次】

深想心理

口絵・本文イラスト／円陣闇丸

《＊＊＊プロローグ＊＊＊》

盛夏の八月。

世間で言うところの夏休みも後半。

とにかく、暑い。

梅雨時期のジトジトとした蒸し暑さとは別口の不快さがある。呼吸をするたびに身体の芯《しん》に熱がこもっていくような、そんな気がした。

どこもかしこもカラカラに乾ききった日中の猛暑と、陽《ひ》が落ちても熱を孕《はら》んだまま燻《くすぶ》り続ける熱帯夜。時間帯という区切りはあっても、体感温度の切れ目はない。

日常生活がサウナ状態……とは、もしかしたら、このことかもしれない。

「あー……。さすがにアッチーな」

ベッドに大の字に寝っ転がったまま、篠宮裕太《しのみやゆうた》は思わず愚痴《ぐち》る。

寝苦しい夜の必需品――冷凍庫でキンキンに冷やしておいた冷却枕《ジェルまくら》も、体温と室温のダブルパンチですぐに生ぬるくなった。

ため息まじりに寝返りを打つだけで、じっとりと汗が滲《にじ》む。それも、今更だったが。

もとより、自室にエアコンという便利な贅沢品《ぜいたくひん》はない。窓を網戸にして全開にし部屋のドアを開け放っても、こもった熱は澱《よど》んだまま動かない。

とはいえ。大っぴらにそんなことができるのも、今年になってからだ。

正確に言えば、次兄の尚人《なおと》が、自転車通学の男子高校生ばかりを狙《ねら》った凶悪な暴行事件の被害に遭ってから。松葉杖《づえ》をついたままでは二階の自室で生活するのは大変だろうと、長男の雅《まさ》紀《き》が独断で下の部屋に尚人の荷物をすべて移してしまったのだ。

怪我《けが》が完治してからも、尚人はそのまま下の部屋を使っている。尚人がそこにいるということは、必然的に、雅紀もその部屋に入り浸っているということである。

去年までは、どんなに暑くても自室のドアは外から開かないように内から鍵《かぎ》をかけて締め切っていた。

そのドアが、裕太の頑《かたく》なな心を象徴していた。

たかがドア一枚。それでも、裕太にとっては必要不可欠な重石《おもし》だった。

だが。今は、片意地を張って閉じこもる必然性もなくなった。

そうすると。去年まで、いったいどうやってこの暑さを堪え忍んでいたのだろうか……と思い。もしかして自律神経までおかしくなっていたのではないかと、ちょっと今更のように愕然《がくぜん》としてしまった。

ともかく。こんな状態では扇風機を回しても熱風にしかならないので、そんな無駄なことはしない。日中の、うだるような暑さを増殖させるような蟬《せみ》の大合唱がないだけマシだ。

真夏日から、猛暑へ。

ここ最近では、更にパワーアップして酷暑と呼ばれるようになった。

屋外どころか、室内にいても熱中症になる時代である。喉《のど》が渇かなくても、水分補給はこまめにやる。もはや、それがこのところの常識だった。

気温三十六度以上——酷暑という定義はあっても、その体感温度は人それぞれだ。

不快に汗をダラダラと流し続ける嫌悪感はあっても、誰に責任転嫁をするわけにもいかない。夏は暑いものだからだ。

それが自然界のルールだと、諦《あきら》めて達観するしかないのか。それとも、冷房の効いた部屋に逃げ込んで現実を無視するか。そのどちらかだろう。

人生の選択も似たようなものだ。

いつ、何を、どんなふうに選んでも。あるいは、迷いに迷ってただ流されただけなのだとしても、その結果から逃れることはできない。——許されない。

しごく単純な方程式である。

中学から不登校の引きこもり。それが、今現在、裕太の偽らざる『現実』であった。

見え透いた同情も、覗《のぞ》き見主義の憐れみもいらない。

世間の常識論にすり替えた説教は聞きたくない。

ましてや、上から目線の偏見なんかクソ喰《く》らえだ。

けれど。周囲の雑音は黙殺できても、身内からぶつけられた正論の重みは無視できない。かつて。姉の沙也加《さやか》に『甘ったれの落ちこぼれ』呼ばわりをされたとき、言葉も返せないほどムカついて、思わず殴りかかったのがいい例だろう。

それだって、今でこそ、そう思えるだけのことだが。

平々凡々な毎日の積み重ね。それこそがささやかな幸せであると、誰も気付かない。取り立てて何のハプニングも起こらない日々が、今日も、明日も、明後日も、変わらずにずっと続いていく。そんなことがただの幻想だと知らされなければ、誰も好きこのんで落ちこぼれたいとは思わないだろう。

落ちこぼれるには、それなりの理由と主張がある。

裕太は、ずっとそう思っていたが。誰も、そんな自分を理解してくれなかった。ただ子どもだというだけで知りたいことを教えてもらえない、鬱憤《うっぷん》。

いったい何が真実で、どれが嘘なのか。それすらもわからない。あったことをなかったことにはできないのだから、そうなったのには確たる理由があり、揺らがない事実がある。――はずなのだ。

そのすべてを知りたいと思うのは、そんなにいけないことなのか？

それがただの身勝手な甘え《エゴ》だと言われても、反発心で頭が煮えるだけだった。

しかし。あの頃には見えなかったモノが、今は視《み》える。

理解できなかったことが——わかる。

物事には『発端』と『経緯』と『結果』がある。明確に白黒をつけるだけでは見えてこないダークな部分の『真実』もある。

それは決して綺麗事《きれいごと》で済まされるようなことではなかったし、ある意味リアルに生々しすぎて更に傷口を掻《か》きむしられる痛みもあったが。膿《う》んで爛《ただ》れたモノを全部出し切ってしまうと、グダグダになっていた視界がすっきりクリアになった。

要る物。

要らないモノ。

選別は、価値観の優先順位なのだと。

何ができて。

どれが、無駄なことなのか。

それを決めるのは他人ではなく、自分自身なのだと。

だから。周囲を拒絶して鬱屈《うつくつ》した引きこもりの日々も、決して無駄ではなかった。誰が、何を言おうともだ。紆《う》余曲折《よきょくせつ》はあっても結果的にはきちんと自分と向き合うことができたし、自分の殻に閉じこもって現実から目を背けているだけでは何も変わらないことも自覚できた。

だが。

――それでも。

抜けない棘《トゲ》はある。

消えてはなくならない過去がある。

許せないことは、どうやったって赦《ゆる》せないのだ。

午前二時。

いつもなら、とっくに夢の中だ。なのに変に目が冴《さ》えて寝苦しいのは、熱帯夜のせいだけではない。

夕食を終えたあとの、雅紀の言葉が頭にこびりついて離れないからだ。

『どうやら、あいつが暴露本を出すらしい』

あいつ――とは。言わずとしれた、不倫をして自分たち家族をゴミのように捨てていった実父《慶輔》のことだが。

(暴露本?)

それって――何?

(いきなり、わけわかんねー……)

言葉にする代わりに眉間《みけん》に縦皺《たてじわ》が寄った。

『積もり積もった借金返済のために、篠宮家《俺たち》のプライバシーを売るってことだろ』

しごく淡々と雅紀が漏《も》らす、思いもよらない衝撃。

その瞬間。裕太は後頭部を思いっきりガツンと殴りつけられたような気がして、一瞬、視界が――ブレた。

§§§§　§§§§§　§§§§§　§§§§§

その夜。

篠宮家では。

仕事明けで五日ぶりに雅紀が戻り、久々に家族揃《そろ》っての夕食になった。

雅紀が帰ってくるというだけで尚人も料理に力《リキ》が入るのか、いつにも増して、テーブルは彩りよく華やかだった。

（ナオちゃん、露骨すぎ……）

裕太がそれを思わないではいられないほどに。

――と、いっても。男ばかりの三兄弟の食卓は無駄話とは無縁で、これといって特に話題が弾むようなこともなかった。

裕太は相変わらずの小食で、もそり、もそり……と箸《はし》を進める。とりあえず、小分けにして出された分は残さずに食べる。それが、このところの裕太の食事風景だった。

尚人にしたところで、食欲魔神の男子高校生としての基準は大きく下回っている。もともとが食べても肉にならない体質だったのが、例の事件からこっち、食欲そのものが落ちてしまった。夏バテ以前の問題である。

それに比べれば、カリスマ・モデルとして超ハードなスケジュールをこなす雅紀の食べっぷりは豪快だ。体型維持のためのカロリー制限など、あってなきがごとしである。

女性モデルにダイエットは不可欠——というイメージの刷り込みはあるが、雅紀にはそれすらも無縁に見えた。

「モデルなんて、一種の肉体労働だからな。ちゃんと食わなきゃ、やってられないんだよ」

きっぱりと言いきる。

雑誌のグラビア撮りと違って、名の知れたファッションショーになると、まず、基本は体力である。美しいウオーキング、要所を締める綺麗なポージング、それらを支えるのは基礎体力といっても過言ではない。

「不健康なダイエットとか、お手軽なサプリメントに頼るより、適度な睡眠ときちんとした食生活? ホントは外食なんかより毎日家に帰ってきてナオの手料理を食いたいけど、そうも言ってられないからな」

本音である。

高級レストランよりも我が家の料理がサイコー。雅紀が『ＭＡＳＡＫＩ』である限り、それを言っても誰も本気にはしないだろうが。

何事においても、自己管理のできない奴は大成しない。一見派手に見える業界ほど、それを求められる。

モデルという華やかな業界にあって常にトップを張り続けていくには、地道な努力があってこそだ。

ラッキー・チャンスを摑《つか》むには才能だけではなく、それなりに『運』と『タイミング』が必要だが。摑み取ったチャンスをステップにしてスキルを上げるには相応の努力が必要であり、何より、それを実績として継続させるにはプラス・アルファーの精神力がいる。

その活力が、何にも譲れないプライドなのか。金であるのか。野心——なのか。あるいは、別の欲望であるのか。それは、人さまざまである。

雅紀にとっては、

『喪《うしな》えない者を護りたいから』

まさに、それに尽きるが。

五日ぶりの家庭料理を堪能したあと。尚人が淹《い》れてくれた玉露茶を一口啜《すす》り、雅紀は頃合いを見計らうようにその話を切り出した。

「実は、おまえたちに、ちょっと話しておきたいことがある」

いきなり、改まって――何？

茶を飲む手を止め、裕太が上目遣いに見る。

話って……なんの？

居住まいを正して、尚人が真っ直ぐに視線を向ける。

まったく性格の違うふたつの視線は、まるで猫と犬のそれだ。透けて見えるのは、警戒心と従順。それはまんま、雅紀に対しての屈折率であった。

そんな二人をきちんと見返して、

「どうやら、あいつが暴露本を出すらしい」

雅紀はそれを口にした。

――とたん。

二対の双眸《そうぼう》は同じように見開いた。

ウソ。

マジ？

――なんで？

言葉にならない驚愕《きょうがく》を孕んで。

ある意味、予想通りに。

そして。雅紀は今更のように思い知る。五年という歳月は、自分の中でケジメをつけるには充分すぎるほどだったが。真の意味で弟たちが『父親』という存在を切り捨てにするには、まだ時間が足りないということを。

「……なんで？」

掠《かす》れたつぶやきが尚人の口から漏れる。

「借金で首が回らないからだろ」

今更、慶輔《けいすけ》の真意など知りたくもないが、それ以外の理由が思いつかない。

「最低最悪なスキャンダルも活字になれば、それなりに金を産む。誰かに、そう吹き込まれたんじゃねーか？」

父親が不倫して家族が崩壊する。今どきそんなことは珍しいことではないが、篠宮家の場合はマスコミの標的になるには恰好《かっこう》の餌食《えじき》というか、スキャンダルとしての付加価値が特殊なのだろう。そんな特約など、百害あって一利なし――であるが。

「クソ親父にも、それなりの言い分があるってこと？」

口調以上に、裕太の顔つきは尖《とが》りきっている。

(まんま、どこかで聞いたような台詞《せりふ》だよな)

内心、雅紀は苦笑する。自分が加々美《かがみ》に語った言葉とまるで同じだったからだ。

「……らしいな。自分だけボロクソに言われるのは不公平――とか思ってンじゃねーか？」

昔流に言えば、盗人《ぬすっと》にも三分の理？

それこそ、被害妄想の最たるものだが。

「だったらいっそ開き直って、この際、言いたいことを全部ブチ撒《ま》ける。それが金になるなら万々歳？　要するに、積もり積もった借金返済のために篠宮家《俺たち》のプライバシーを売るってことだろ」

歯に衣《きぬ》を着せず、雅紀は告げる。隠しておいても、いずれバレることなのだ。

「そこまで……するんだ？」

尚人の顔色はしんなりと青白い。

自分たち家族を捨てて家を出ていったときに、父親としての虚像は完膚《かんぷ》無きまでに破壊され尽くした。件《くだん》の空き巣事件では、極悪非道なクソ親父の底《本性》も丸見えになった。そう思っていたが。

どうやら、そうではなかった——らしい。

父親としてではなく、人間としても最悪最低。

なんで？

どうして？

そこまで？

——できるのか。

あんなのでも、一応、父親。そう思うから、心が痺《しび》れて凍る。

絶縁関係になっても、血の繋《つな》がりはどうやっても消せない。嘘でごまかせない。事実は無視できない。そんなふうに思っているのは、もしかしたら自分たちだけなのかもしれない。

尚人のつぶやきは、尖りきった目で一点を見据《みす》える裕太の気持ちをも代弁する。

「できるんだよ。あいつにとって、俺たちは赤の他人よりも遠い存在も同然だから」

雅紀は断言する。いっそ赤の他人ならば、感情的にもここまで壊滅的にこじれはしなかったかもしれない。

「だから、切り捨てにした者を踏みにじってもブン殴っても、良心は痛まない。大事なのは今の自分だけ。そういうことなんだろう」

そういう人間の心理など、あれこれ考えるだけ無駄。感情を揺らす価値もない視界のゴミとして、切り捨てるしかない。

雅紀にはその覚悟も冷徹さもあるが。だからといって、弟たちにそれを押しつけるつもりはなかった。

「本が出版されれば、また騒がしくなる。そこに何が書かれてあるにしろ、あいつが自分で語ったことだからな。でも、それはあいつが自分の都合のいいようにねじ曲げた事実であって、俺たちの真実じゃない」

それだけは確かなことだ。

作為的に捏造《ねつぞう》された記事。誰かを貶《おとし》めることでしか自分を正当化できないスキャンダラスな告白本とは、そういうものだろう。

不特定多数な読者に向けて――いや、覗き趣味まんまんな連中ありきという前提で書かれるものだから、自分にとっては不都合な真実など、あからさまにできるはずもない。

言い訳と。

詭弁《きべん》と。

――偏見。

赤裸々に自分自身と向き合うつもりなど、欠片《かけら》もないに違いない。

人間として、致命的な欠陥だろう。そんなことすら自覚できないのなら、もはや末期と言うしかない。

「無視しろってこと?」

ブスリと、裕太が漏らす。口調とは裏腹に、その目は抑えがたい憤怒でギラついていた。

「挑発にのるなってことだ」

「……あいつの?」

「だけじゃなくて、モロモロ。他人の不幸は蜜《みつ》の味……だからな。言いたい奴には、好きなように言わせておけばいいさ。バカな連中にいちいち付き合ってやる必要はない。そういうことだよ」

「じゃあ、今までと同じってことだよね?」

わずかに硬い尚人の言葉を、

「――違う」

やんわりと否定する。

「え……?」

「五年前、俺たちは、大人の身勝手に振り回されても流されるしかない無力な子どもだった。でも、今は違う。世間的に言えば、おまえたちはまだ未成年の子どもでも、自分じゃ何も決められないガキじゃない。そうだろ?」

庇護《ひご》されるべき子どもであっても、無力なだけのガキじゃない。

紆余曲折はあっても、それなりに成長した。自分の頭できちんと考えて、自分なりの答えを見つけ出すことができる。

世の中は不公平と欺瞞《ぎまん》に満ちており、その格差を嘆いてヒネくれるだけでは何も始まらないことを知っている。精神的にもタフで打たれ強くなった。それでも、尚人と裕太には『未成年』という唯一の枷《かせ》が残っている。

「俺は、自分の権利を権利として主張できる年齢になった。だから、ちゃんとおまえたちを護ってやれる」

雅紀が言いたいのは、それだ。

何も心配はいらない。

あの頃は言いたいことも言えず、ただ腫《は》れ物に触るように、肝心なことは誰もが口を閉ざすことでしか家族は家族でしかいられなかった。

だが、今は違う。

母が死に、沙也加が欠け、残された三兄弟の確執はそれぞれが本音をぶつけ合うことによって新たな絆《きずな》を得た。そう思うのは、決して雅紀の錯覚ではないだろう。

それは、真っ当な家族像とはかけ離れているかもしれない。世間的な常識からはみ出した、いびつに歪《ゆが》んだ絆だったりするかもしれない。

だが、それでもよかった。ひとつ屋根の下にいながら、一人一人がバラバラで冷え切った関係しか持てなかった頃に比べれば雲泥の差だ。

何も言わないことと、何も言えないことは違う。

言葉を惜しむことと、選ぶことは異なる。

知ることと、理解することは交《ち》う。

自分が真に理解されたいと思うなら、真摯《しんし》な想いを言葉に託すことだと知った。たとえ、それが不都合な真実であっても。

本音を吐露することでしか得られない真実がある。その果てに、新たな絆がある。

だから——護りたい。

喪えない者を護りたいと思うのは、生きていく糧《かて》である。

喪えないモノがあるから、したたかに強くなれる。

芯のブレない強さ。それは感情を捨て去ることではなく、周囲を拒絶することでもなく、欲しいものを素直に欲しいと言えることだと知った。

愛し、愛され。

満たし、満たされ。

癒《い》やされて――再生する。

それだけで、自分を取り巻く世界は確かに変わるのだと。

この五年間で、雅紀はそれを実感せずにはいられなかった。

だから――負けない。

誰が、何を言おうとも。自分にとって一番大切なモノは、ここにある。

「おまえたちは何も心配しなくていい。これから先、ずっと、俺が護るから」

それだけが、雅紀の真実だった。

§§§§§　　§§§§§　　§§§§§　　§§§§§

一日の終わりは、ゆっくり風呂《ふろ》に浸かって手足を伸ばすことだった。

今日から、明日へ。凝り固まった疲れを揉《も》みほぐし、頭を空っぽにして——リセット。この五年間、それが尚人の就寝儀式のようなものだった。

最近は、そこに雅紀とのセックスが必然的に加味されたが。苦痛と恐れと背徳の三重苦でしかなかったそれも、ちゃんと愛されているという確かな自覚で相殺された。

身体中をまさぐられて滲み出す快感に身も心もとろけることで、癒やされる孤独。愛されて。満たされる——安堵《あんど》感。

それは尚人にとって、何にも代えがたい至福だった。兄弟相姦《そうかん》という禁忌《きんき》に勝るほどに。

いつものように湯船に浸かり。頭をバスタブの縁に載せて、目を閉じる。

——と、同時に。

「……ふぅ」

深々とため息が漏れた。

(暴露本……かぁ)

五日ぶりに雅紀が戻ってきて、兄弟揃っての夕飯が終わったあとにいきなりヘビーな話題を持ち出されて、さすがの尚人も呆然《ぼうぜん》絶句だった。

借金返済のために、自分が捨てた家族のプライバシーを切り売りする。そんなことは、まるで予想もしていなかった。頭の片隅にもなかった。

切羽詰まって家の権利書まで持ち出そうと空き巣まがいのことまでやらかすような男だから、今更何をしても驚かない。

——はずだったのに。さすがに、そこまでとは思わなかった。

いや。

——違う。

裕太にバットで殴られて、慶輔は左腕を骨折した。その痛みですら、自分たち兄弟が被《こうむ》った痛みの万分の一でしかない。そのことを、真摯に思い知ればいい。いや……思い知るべきだ。

そう、思っていた。そしたら、積もり積もった溜飲《りゅういん》が少しは下がるような気がした。

だが——甘かった。今更ながらに、痛感する。

かつて『父親』だった男は、とことん腐りきっているらしい。

『なぜ？』

——とか。

『どうして？』

——とか。

そんな疑問で脳味噌《のうみそ》がグツグツ煮え立って。いくら考えても答えの出ない状況に頭が芯からグラグラになった。

心が痛くて。

頭が重くて。

喉が灼《や》けて。

考えるだけ無駄なことはすべて切り捨てるしかない。そう割り切ったはずなのに、思考は昏《こん》迷《めい》をまたぞろループする。

——なんで？

——どうして？

——そこまで？

(なんか、ぜんぜん進歩してないって感じ)

ほんの少しだけ、自己嫌悪。

努力すれば、嫌なことはすべて忘れられる。そうであれば、もっとずっと楽なのに、現実はそれほど優しくない。

非常識を蹴《け》り倒して極悪非道に走った事実は動かないというのに、今更、誰に何を弁解しようと言うのか。

最低最悪なクソ親父にも、それなりの言い分がある？

——何処《どこ》に？

赤裸々な告白が活字になれば、今までの無責任が免罪されるとでも思っているのか？

そんなことが許されると、本気で思っているのか？

――何故？

まるで理解できない。

そういうのを、バカで醜悪なだけの恥曝《はじさら》し――と言うのではないのか。

（でも、きっと……売れるんだろうなぁ）

雅紀が言ったように、他人の不幸は蜜の味――だからだ。

上を見ればきりがない。だが。自分よりもまだ下があると思えば、くだらない優越感は満たされる。妬《ねた》みも嫉《そね》みも、相殺される。そういうことなのだろう。

さんざんマスコミに暴き立てられて、篠宮家のプライバシーは丸裸。今更、これ以上スキャンダラスにはなりようがない。尚人はそう思っていたが、慶輔の生声《告白》には借金返済としての付加価値は充分にあるらしい。

需要と供給？

虫酸《むしず》が走る。

そこまで、自分たちを貶めようとする慶輔が。他人のプライバシーを平然と暴き立てる無節操なマスコミが。傍観者を気取って覗き趣味に走るだろう連中が。

【不幸は連鎖する】

そんなジンクスなどクソ喰らえだが、次から次へと起こるトラブルは痛い現実だった。傷が癒える間もなく、また新たな傷跡が増えていく。

けれど。

『おまえたちは何も心配しなくていい。これから先、ずっと、俺が護るから』

雅紀の言葉が深く心に沁《し》み入る。

絶対の信頼と、安堵感。

でも。

……だけど。

(だったら、誰がまーちゃんを護ってくれるの?)

尚人は、それを思わずにはいられない。

ただでさえ、今でさえ、雅紀の負担は大きい。

一連のスキャンダル報道も未成年である自分たちの名前はあえて伏せられているが、雅紀は常に実名と写真入りでクローズアップされる。

ここまであからさまだと、職業モデルである『MASAKI』として露出過多になっても、今更、誰もそれを『売名行為』などと揶揄《やゆ》する者はいないが。

光があれば、当然、影がある。そんなことでも『顔』と『名前』が売れるという事実に、陰で苦々しい思いをしているものは確実にいる。

雅紀に護られているという安堵感は、何にも代えがたいものがある。

それだけで、満たされて癒される。

だが。

——しかし。

自分たちだけが雅紀に庇護されて、ただぬくぬくと護られているだけでいいのだろうか？

それを思い、尚人はズルズルと湯船に沈んだ。

§§§　§§§§　§§§§§　§§§§§

（ナオの奴、いったいいつまで風呂に入ってる気だ？）

ソファーに深々ともたれたまま、雅紀は煙草《たばこ》の煙を吐き出す。

すでに、四十分。いくら尚人が風呂好きの長風呂といっても、程度というものがある。

（いいかげん、ふやけてしまうぞ）

冗談でなく。

（まさか……寝てるんじゃないだろうな）

あんな話をしたあとでもあるし。半ば、ヤキモキしてしまう。

（ちょっと、見に行ってみるか）

雅紀は煙草を揉み消し、ゆったりと立ち上がった。


コン、コン。

バスルームのドアを、軽くノックする。

磨《す》りガラス色のドアの向こうから、返事はない。

いや。返事どころか、コソともしない。

雅紀はしんなりと眉《まゆ》をひそめた。

（ホントに寝てるのか？）

もう一度、ノックする。

「ナオ？」

呼びかけるが、返事はない。

軽くため息をついて、雅紀はゆっくりとV字型の中折れドアを開けた。

とたん。スッキリしたグリーン系入浴剤の香りが染み込んだ生ぬるい湿り気が、モワッと、顔に掛かった。

中を覗くと。バスタブのへりに頭を載せたまま、尚人は器用に居眠っていた。

（…ったく、もう）

雅紀は半ば呆《あき》れ返る。いったい、いつから、この状態なのか。

（いくらなんでも、リラックスしすぎだろ）

我が家のバスタブは雅紀がゆったりと足を伸ばすには狭すぎるが、居眠っても身体が沈まない程度には尚人のサイズには合っているらしい。もしかしたら、居眠り入浴は今回だけではないのかもしれない。

ライトグリーンに染まった湯の中で無防備な寝顔を曝す尚人は、可愛《かわい》かった。ただの欲目ではなしに。

過度に自己主張はしないが見た目通りの怜悧《れいり》で黒目がちの双眸はひどく印象的で、つい魅入《みい》ってしまうほどだった。決して童顔というわけではないが、その目が閉じられているだけで、普段よりもずいぶんと幼く見えるのだ。

たぶん、誰も知らないだろう。そんな尚人の顔は。それは、雅紀の肥大した独占欲を満足させるには充分であった。

（取りあえず、起こさないと）

見ている分には目の保養だが、このまま湯あたりでもされたらマズイ。

雅紀は中に入り、ズボンが濡《ぬ》れないようにゆったりと身を屈《かが》めた。

「ナオ」

たっぷりと湿り気を帯びて額に張りついた尚人の前髪を掻き上げる。

――と。

尚人はうっすらと目を開けた。幾分焦点の合っていない黒瞳は、まるで誘うようにしっとりと潤んでいる。

だから、つい――身を乗り出してキスを啄《ついば》んだ。雅紀としては、決して故意にイタズラを仕掛けたわけではなかったのだが。

――瞬間。

いきなりスイッチが入ったように、尚人はパニくった。

(わッ……)

(ちょっと……)

ヤバイ――の声を上げる間もなく、引きずられて。

結局。雅紀は頭からずぶ濡れになった。

(……マヌケすぎだろ)

一方の尚人は。バスタブに背中を張りつかせて、

「なッ……な、に?」

こぼれ落ちんばかりに目を見開き。

「え?　あ?　……まー…ちゃん?」

呆然絶句する。

「はぁぁ……」

雅紀は、盛大にため息をこぼした。

「な……に？　どうして？」

「落ち着け、ナオ。ほら、大丈夫だから」

頭から生ぬるい湯を滴らせたまま、雅紀は、ドクドクと逸《はや》る鼓動がダダ漏れな尚人の頰《ほお》を撫《な》でる。

ハグハグと喘《あえ》ぐ尚人の呼吸がゆっくり落ち着くまで、雅紀は頰を撫で続けた。

それで、ようやく落ち着きを取り戻した尚人に、

「驚かせて悪かった。おまえがあんまり遅いから、ちょっと気になって様子を見に来たんだ。そしたら、おまえ、寝てたから……」

「え……ホント？」

パチクリと、目を瞠《みは》る。どうやら、居眠っていた自覚はないらしい。

「そう。このままじゃ湯あたりするんじゃないかと思って、起こそうとしたんだけど」

「……ゴメン。俺、なんか、ビックリしちゃって……」

尚人はおもいっきり項垂《うなだ》れる。

(や……そんな素直に謝られると、ちょっと……)

悪いのはキスを仕掛けた雅紀に決まっているので、さすがにチクチクと良心が疼《うず》く。

(けど、まぁ、どうせ濡れちゃったことだし)

あんなエロ可愛い尚人を見てしまったあとでは、痛む良心とは別口で、いたく刺激されてしまった。

よくよく考えてみれば、家に帰ってくるまではずっと禁欲生活だったのだ。

仕事のスケジュールが思った以上にハードだったせいもあり、尚人のアレやコレやを思い浮かべて一人で抜く暇もなかった。

もちろん。そんな中でもその手の誘いは掃いて捨てるほどあったが、まったくその気にもなれなかった。本当に、自分の欲望の対象は尚人一人に固定されてしまったことをつくづくと実感してしまった雅紀である。

雅紀はその場で濡れた服をさっさと脱ぎ、ドアを開けて脱衣カゴの中に放り込む。

その展開についていけないのか、まだ状況の把握ができないのか。尚人はバスタブの中でちんまりと座ったまま、ポカンと雅紀を見上げている。

「まー……ちゃん?」

「濡れついでに、このまま、俺も風呂にはいることにしたから」

それで、押し切ってしまう。

取りあえず、さっさと掛け湯をして。

「たまには、お風呂場エッチもいいかなぁ……って」

尚人はわずかに唇の端を歪めて、耳の先まで真っ赤になった。

「ほら、ナオ。ちょっと、詰めて」

言いながら、さっさとバスタブに入って位置を確保する。

とたんにザーッと湯が溢《あふ》れるが、別に気にもならない。

男二人で入るにはさすがに狭いバスタブを最大限に有効活用するためには、背面座位——あぐらをかいた上に尚人を載せるのが一番。そうすれば密着度は増すし、好きなように尚人を触り放題……である。

風呂場エッチの醍醐味《だいごみ》といえば、やはり、それだろう。

ベッドでしっかりひとつに繋がるのもいいが、たまには場所を変えてゆっくり楽しみたい。

この間の温泉旅行——予期せぬハプニングですっかり予定と違ってしまったが、尚人と二人だけの夏休み《サマー・ホリデー》には変わらないので雅紀的には満足——で、湯に浸かったままリラックスしてエッチというシチュエーションに思いがけず嵌《はま》ってしまった雅紀であった。

「こんなふうにナオに触れるのも、五日ぶりだよな」

尚人の髪を撫でながら、囁《ささや》く。

すると。尚人はほんの少しだけくすぐったそうに身じろいだ。

——長かった。

本音で、それを思う。

「俺はナオと、すっごくしたかった。ナオは？」

密着した背中越し、とたんに、トクトクと尚人の鼓動が逸る。そうやってダイレクトに反応が伝わってくるのが楽しい。

「俺との約束、ちゃんと守ってる？」

コクリと、尚人が頷《うなず》く。

いまだに『オナニー』という言葉を口にするのも羞恥心《しゅうちしん》を掻きむしられるらしい。

(可愛いなぁ、ナオ)

項垂れた顔は、きっと真っ赤だろう。

そんな尚人が雅紀の与える愛撫《あいぶ》にとろけて快感にズクズクになる瞬間が、好きだ。

人は、それを悪趣味と言うかもしれないが。雅紀にとっては、ちゃんと尚人が感じて気持ちよくなるということが一番肝心なのだ。ある意味、自分の性欲が満たされることよりも。

膨《ふく》れ上がった劣情に振り回されて抱き潰《つぶ》す。そんな強姦《ごうかん》まがいのセックスは二度としない。

そう誓ったのだ。

「——じゃあ、ここに溜《た》まってるナオのミルク、ちゃんと全部搾《しぼ》ってやろうな」

囁きながら、尚人の股間《こかん》にゆったり手を差し込んだ。

しなやかに長い雅紀の指が、やさしく絡んでくる。いつもよりその感触が鈍く感じるのは、ここが湯船の中だからだろう。

なのに、いつもよりドキドキする。耳元で囁く雅紀の声が、いつもとはほんの少し違って聞こえるからだ。

ただでさえ艶《つや》のある雅紀の声《テノール》が、変なふうに——響くのだ。

風呂場独特のバイブレーション？

鼓動を震わせるそれが、いつもの倍増しで尾骨を直撃する。

困る。

……困る。

すごく——困る。

普段でさえ、雅紀の声には腰がとろけてしまうような威力があるのに。

「ほら。足、開いて。もっと……ちゃんと開かないと、ナオのここ……揉んでやれない」

頭の芯がクラクラになってしまう。

「ナオ、好きだろ？　ここをグリグリ揉まれるのが」

雅紀の囁きは、魔法《快楽》の呪文《じゅもん》だ。

だから——困る。目の奥まで、ツキンと痺れてしまう。

「だから、ひとつずつ、揉んでやる。そしたら、乳首もキリキリに尖るだろ？」

それだけで……息が詰まる。

雅紀の指で、袋の双珠をより分けられるように転がされると、それだけで下腹が微《かす》かに引き攣《つ》れた。

「あとで……噛《か》んで吸ってやるから」

何を？

どこを？

それを思うだけで噛み締めた唇が、喉が……灼けた。

「だから、ほら、足をもっと開いて。バスタブにのっけてもいいから。ナオがちゃんと気持ちよくなってるのがわかるように、ちゃんと……俺に見せて」

タマをクニクニと弄《いじ》られて、肉茎《ペニス》はすでに半勃起《はんぼっき》状態だ。

雅紀の呪文に身も心も搦《から》め取られてしまう羞恥心は、甘酸っぱい痛みに似ている。

言われるままに、ぎくしゃくと足を上げる。そうすると、一瞬、腰が浮いて。尚人は思わずギュッと、雅紀の腕を摑んだ。

「大丈夫。俺に寄りかかればいいから。そしたら、怖くない」

怖いのではない。自分の一番みっともない——恥ずかしいところが丸見えになるのが、居たたまれないだけ。

「……大丈夫」

囁かれるままに、雅紀の左肩口に後ろ頭を擦《こす》りつける。

「いい子だ、ナオ」

よくできたご褒美《ほうび》……と言わんばかりに、雅紀がこめかみにキスを落とす。

「ナオが気持ちいいと、俺も気持ちいい。だから――いっぱい出していい」

耳元で囁かれる快楽の呪文。

半ば無自覚に、尚人はコクリと頷いた。


中途半端に浮き上がった腰を、右腕を差し込んで固定し、いっそ思い切りよく割り開く。尚人の左足は完全にバスタブの外に投げ出され、右足は反対側のヘリに載っている。剝《む》き出しになった尚人の股間がよく見える。半勃起になったものは、まだ快楽未満の証《あかし》である。

雅紀が半ば呪文のように刷り込んだ言葉。

『ナオは、タマを揉まれるのが好き』

『タマを揉まれると気持ちがよくなって、乳首が尖る』

『ナオが一番好きなのは、タマを揉まれながら乳首を噛んで吸われること』

それは、最初のセックスが無残な強姦だったせいで、雅紀に触れられることに怖じけて身体を竦《すく》ませる尚人に快楽の芽を植え付ける必要があったからだ。

セックスは怖くない。

気持ちがいいのが、本当のセックス。

雅紀が与える快感を素直に貪《むさぼ》ってほしくて、尚人に囁き続けたのだ。

『ナオが気持ちいいと、俺もすごく気持ちいい』

本心である。それ以外の真実はない。

自慰を禁じた精嚢《せいのう》の重みをリアルに感じる。五日ぶりなのだから、たっぷり蜜が溜まっていて当然。

尚人のミルクタンクが空になるまで、搾り取る。それは、雅紀にとっては歪んだ独占欲の象徴でもあった。指で扱《しご》き上げて吐き出させるのも、一滴残らず吸い取るのも、雅紀の思いのままだった。

右と左、袋の中にちんまりと納まったタマをより分けて――揉む。

湯の中ではどうしても感覚が鈍るから、これで、好きなだけ揉んでやれる。

キュッと、指で摘んで。柔らかな袋ごと、クニクニと弄る。それだけで、尚人の太股《ふともも》がビクビクと引き攣れた。

擦るようにクリクリと揉んでやると。

「ン……あ……」

鼻にかかったような掠れ声が漏れる。

半勃起だったものがしなり、先端が露出する。

今でこそ、きれいに剝けるようになったが。最初は羞恥で凝り固まって膝《ひざ》を開くこともできなかった股間を強引に割り開き、皮を被って痛がるだけのそこを、なだめすかしながら剝いてやることから始まった。

母と雅紀の関係を知った尚人が性に関しては恐ろしく禁忌がかかって、夢精で下着を汚したことはあっても自慰すらロクにしたことがなかったことを、雅紀はあの忌《い》まわしい強姦のあとに知った。

だから。ことさら慎重に、雅紀は甘い言葉のアメとムチを駆使して尚人の身体を開かせたのだった。

そして、今は、自慰をすることさえ禁じている。尚人のすべてを支配するために。それが兄としてどんなに歪んでいるか、雅紀は知っている。

だからといって。今更、あったことはなかったことにはできない。だったら、いっそ開き直るしかなかった。

露出した先端の切れ目から先走りの蜜が漏れはじめると、尚人の喘ぎも忙《せわ》しなくなった。

(あー……舐《な》めたいな)

ふと、思う。

切れ目を指の腹で擦って、爪の先で弄って、プックリと熟れたそこを舌で舐めてほじってやりたい。

タマを揉まれるだけでは物足りなくて、もっと刺激がほしいのだろう。尚人の腰が、その瞬間ヒクリと捩《よじ》れた。

「ま…ちゃん……まー……ちゃん」

喘ぎながら、尚人が雅紀を呼ぶ。

「乳首が痛い？」

ぎくしゃくと、尚人が頷く。

両の乳首は茱萸《ぐみ》のように尖りきっている。

「噛んで、吸ってほしい？」

荒い吐息を噛み締めながら、コクコクと頷く。

「じゃあ、その前にいっぺん出しておこうな」

囁きながら、硬く芯の通った先端の切れ目を指の腹でなぞる。

「ひゃッ………」

尚人の脇腹《わきばら》がビクリと引き攣れた。

「ここ……弄ってやるから」

「や……や……まーちゃん……そこ、や……」

ビクビクと逃げる腰を肘《ひじ》を張って固定する。

「大丈夫。ナオはここも好きだろ？」

嘘ではない。

蜜口を弄られるとたまに本気で気をやってしまうほど、そこが弱いのだ。特に、爪で引っ掻いて舌の先でつつくと甲高い声で啼《な》く。トロトロと溢れる蜜を舐め取りながら吸ってやると、腰も太股もビクビクと痙攣《けいれん》を起こす。

快感が深すぎて、頭が真っ白になるのだろう。

「ま……ちゃん……。や……そこ、しないで……」

しないでと言いながら、雅紀が指の腹で円を描くようにくすぐると。

「ンッ……あっ、あ、……い、いぃぃッ」

尚人の喘ぎは掠れて跳ね上がった。

それが湿り気を帯びて、すごく耳触りのいいトーンにすり替わる。

指の腹でくすぐって、擦り上げるたびに蜜がドロリと濃くなる。尚人の鼓動と喘ぎにシンクロするように、真っ赤に熟れて、プクリと秘肉が盛り上がる。

あとからあとから湧《わ》いて漏れ出る蜜が雅紀の指を濡らし、ぬめり、こぼれ落ちる。

舌で、一滴残らず舐め取ってやりたい。

思わず舌なめずりをして。雅紀はハグハグと喘ぐ蜜口に爪を立て、グリグリと引っ掻いた。

——とたん。尚人の下腹がうねり、

「ヒッ……あぁぁぁぁッ」

一声啼いて、尚人は背をしならせて仰《の》け反《ぞ》った。

《＊＊＊インパルス＊＊＊》

九月一日。

晴天。雲ひとつなく澄み渡る青空は眩《まぶ》しい。

「……うわ」

玄関ドアを開けたとたん、中野大輝《なかのだいき》は思わず目を眇《すが》めた。

降り注ぐ陽光——いや灼光《しゃっこう》は、早朝から容赦なく肌に突き刺さる。

「…ったく。朝っぱらからムダに暑いよな」

ため息まじりにボソリと漏らして、玄関脇《わき》に止めてある自転車を摑んだ。

今日から、新学期。だからといって、特別な感慨などない。

夏休みといえども前期・後期の課外授業は当たり前——なのが、超進学校と言われる翔南《しょうなん》高校の日常である。持て余す時間《暇》などない。

むしろ。お盆休みを挟んだ二週間——完全フリータイムをどれほど有意義に活用するか。ONとOFFのケジメのつけ方に個性が出るだけのことだった。

めいっぱい遊ぶ。

ダラダラ過ごす。

後期に備える。

だいたい、その三パターンである。

もちろん、中野の場合はめいっぱい遊ぶ――だったが。

短い夏休みも、慣れてしまえばどうということはない。それが本音である。

とにもかくにも。まだまだ残暑の厳しい新学期が始まった、その日。

門扉を開けて自転車のサドルにまたがろうとした、そのとき。前カゴに突っ込んだ鞄《かばん》の中から携帯電話のメール受信の着メロが鳴った。

「誰だよ？　朝っぱらから」

携帯を開いて、相手を確認する。

（……柴田《しばた》？）

昼食友《メシ》でもあるクラスメートからだった。

（なんだろ。珍しいな）

何か、クラスで緊急連絡網でも回ってきたのか？

わずかに小首を傾《かし》げながらメールを開いた、次の瞬間。

「――マジ？」

中野は驚愕に目を見開いて、固まった。

§§§§　§§§§　§§§§　§§§§

その朝。

いつものように、いつもの時間、いつもの場所で。山下広夢《やましたひろむ》は中野が来るのを待っていた。いつになく、苛《いら》つきながら。

一年のとき、たまたま同じクラスになって、出身中学は違うが家が近いことを知った。妙にウマが合う。物の価値観はビミョーに違うかもしれないが、それが気にならない。友人関係の基本である。

それから、登校時には交差点にあるコンビニエンス・ストアの駐車場で待ち合わせるようになった。二年生になって別組になってからも、それは変わらない。そんな二人を、周囲の者たちは例外なく『親友』と呼ぶ。

誰に対しても言いたいことはズケズケと吐きまくる中野と、何を言われても飄々《ひょうひょう》と受け流す山下は、はたから見るとボケとツッコミの凸凹《でこぼこ》コンビというより、二人でいることが妙にしっくりと視界に収まるタイプだった。

クラス替えになってからは、期せずして、それぞれの組の代表委員という肩書きを持つ中野と山下のコンビに桜坂《おうさか》一志《かずし》という悪目立ちの権化が加わることによって、コンビはトリオになった。誰が言い出したのかは知らないが、尚人《なおと》を囲む鉄壁の番犬トリオである。

何、それ?

どういう意味?

わけ、わかんねー。

違和感と不快感にじっとり眉をひそめるより、妙にサバサバと認めてしまった。ただの友人関係よりも、更にもう一歩踏み込んだ親密なポジションという意味で。今では『番犬』と呼ばれることに、密《ひそ》やかな優越感さえ覚える。

それって……。

ちょっと……。

——ヤバくね?

自問自答して自己否定するよりも、自分以外の者がそこにすっぽり収まってしまうことのほうが嫌だった。

来る者は拒まず。

去る者は追わず。

気配りの達人と言われる尚人が、実は、そうやってさりげなく友人関係を選別しているのだと気付いたとき、山下はこのポジションは誰にも譲れない——喪いたくないと思った。

『ブッちゃけて言うと、俺ね、家のことがあったから中学までは友達いなかったんだよ。みんな、なんか、腫れ物に触るみたいによそよそしくてさ。でも、翔南高校に来てフツーの友達ができて。こんなふうに本音で語れる友達ができて、すごくラッキーだなぁ……って』

真顔でそんなことを言われたとき、山下は、気恥ずかしくてどういうリアクションを取るべきか悩んだ——というよりも先に、尚人の『人タラシ』の真髄《しんずい》を見たような気がした。

多少の悩みはあっても毎日を平穏すぎるほど平凡に過ごしてきた自分たちとは、背負っているモノがまったく違う。明確な線引きのあちら側と、こちら側。番犬と呼ばれることでその境界線を越えられるのであれば、否はない。

自分がそう思っているのだから、おそらく、中野も桜坂も同じだろう。

類は友を呼ぶ？

何の違和感もなく実感できるのが、なんだかなぁ……という気がしないでもないが。

自分たちのやれることなど、実際には微々たるものなのかもしれない。それでも、尚人を支えるための力になりたい。本音で、そう思う。そう思わせずにはおかない何かが、尚人にはあった。

出会いはただの偶然でも、ただ馴《な》れ合うだけでは終わらない必然という名のきっかけは確かにある。

自転車通学の男子高校生ばかりを狙った凶悪な暴行事件から端を発した一連の事件を通して、考えさせられることは多々あった。

日常の落とし穴——という感覚。災難というのは、いつ何時、どこから降ってくるのかわからないという自覚。

憤り、無力感に打ちひしがれ、どうしようもなく不安で胸が痛くなることもあった。実害はなくても、他人事《ひとごと》では済まされない。

そういう、フツフツと湧き上がる——感情。

無関心ではいられない。ただの共感と言うよりは、むしろ、共振。

それでも。もう、いいかげん、周囲の喧噪《けんそう》も収束して落ち着くところに落ち着いてもいいのではないか。山下は、いや……山下だけでなく大多数の人間はそれを願っているはずだ。

なのに——である。

よりにもよって、新学期早々。しかも、朝っぱらから……。

(なんなんだよ、いったい)

それを思うと、山下の不快指数も全開だった。

「もぉ、遅っせーな。何やってんだよ、中野の奴」

イライラが高じて、つい愚痴らずにはいられない。

いつもの待ち合わせ時間からはまだ五分と過ぎてはいないのに、その倍以上は待たされている気分であった。

──と。視界の中に、ようやく中野が入ってきた。

「……はよ」

「おぅ」

いつもの中野らしからず、朝イチからテンションが低い。

──いや。いつもとは、顔つきからして違う。

なぜか、眉間にありありと縦皺。それで、山下は妙に納得した。

「もしかして……聞いた？」

何の前置きもなく山下が問うと。中野は『何を？』とも『誰に？』とも言わず、無言で胸ポケットから携帯を取り出し、

「これのことか？」

その画面を突きつけた。

そこには、先ほど、山下が電車通学の友人《クラスメート》からメールされてきた物と同じ物が写っていた。

（あー……やっぱり？）

とたんに、憂鬱《ゆううつ》になる。

「さっき、柴田が送ってきた」

「俺は、斉藤《さいとう》から」

「電車の中吊《なかづ》り広告ってことは、これと同じモンがそこら中にブラ下がってるってことだよな？」

「――たぶん」

これ見よがしに、中野がため息をつく。

「こういうの見るとさぁ。なんかもう、問答無用でガツガツ蹴りつけてやりたくなるよな」

誰を？

どこを？

何のために？

――とも、問わず。山下はただ深々と頷いた。

§§§　§§§§　§§§§　§§§§

午前八時十分を少し回った頃、桜坂は翔南高校の西駐輪場にやってきた。

夏休み明けの新学期初日と言っても、つい三日前までは後期課外授業をやっていたのだから気分的には別にいつもと変わりはない。

──はずだった。

しかし。

そこに、中野と山下のコンビがいつになく硬い顔つきで待ち構えているのを見て。『なんだ?』でも『どうした?』でもなく、

(篠宮《しのみや》になんかあったのか?)

それが思い浮かんだのは、もはや条件反射と言ってもいいかもしれない。

別段、尚人が札付きのトラブルメーカーなわけでもないのに、一難去ってまた一難──のごとく不運なアクシデントがざくざく降りかかってくるのはすでに周知の事実である。例の、尚人が言うところの、

『騎士《ナイト》精神を発揮しようとして、不様にズッこけて怪我をした』

へナチョコ事件の後遺症もようやく治まったばかりで。

(今度は、何?)

しんなりと眉根《まゆね》が寄る。

「桜坂。ちょっと、いいか?」

挨拶《あいさつ》代わりの中野の低い声《トーン》が、更に拍車をかける。

「──なんだ?」

「これ……なんだけど」

中野が携帯を開いて桜坂に突きつける。

――とたん。

桜坂の双眸が険悪に切れ上がった。

（……マジでか？）

食い入るように、ひたすら注視する。

「電車の中吊りらしいんだけど」

そこには。『緊急予告』と銘打って、

【極悪非道なクソ親父の逆襲!!】

【視界のゴミにも言い分はある！】

【カリスマ・モデル『ＭＡＳＡＫＩ』の実父、赤裸々な告白本、近日発売！】

刺激的かつ挑発的な文字が躍っていた。

「おまえ、なんか聞いてるか？」

――聞いてない。

（つーか、なんで、それを俺に聞く？）

無言でジロリと睨《にら》み。返す目で、

「これ、マジなのか？」

詰問する。

悪質な冗談とか、イタズラではなく？

「だから、マジだろ。ただのジョークに、わざわざ金《カネ》かけるわけねーし」

ブスリと漏らす中野の口調も、別の意味で尖りきっている。

エイプリルフールはとっくに過ぎた。これだけしっかり、くっきり告知を打っているからには、ただのヤラセでも悪質なジョークでもないのは明白だった。

が――しかし。

これが事実ならば、タチが悪すぎるのを通り越して凶悪としか言いようがない。

（フツー、ありえねーだろ）

内心、桜坂はグルグル唸《うな》る。

（なんでだよ？）

所詮《しょせん》、他人事。当事者ではない赤の他人は、突き詰めれば傍観者に徹するしかない。そんなことはわかりきったことだが、それでも、フツフツと湧き上がる憤りは消えない。

いったい、何を考えているのか。

どうして、こんな仕打ちができるのか。

「腹が立つっていうより、マジで頭が煮えくり返るよな。オヤジもオヤジだけど、人の不幸を煽《あお》って金儲《かねもう》けしようって考えてる奴らが」

剣呑《けんのん》すぎる山下の言い様が、桜坂の心中を代弁する。

それが青臭いだけの正論だったとしても、醜悪すぎる現実への不快感は消えない。

「なんでかなぁ……」

中野がボソリと腐す。

「何が？」

「親父が篠宮の兄貴に『視界のゴミ』呼ばわりされても、弟にバットで殴られて骨折したのだって、結局は自業自得だろ？」

むろんだ。天に唾《つば》すれば、必ず自分に返ってくるのだから。

「こんなの、逆恨みもいいとこじゃねー？」

赤の他人にも一目瞭然《いちもくりようぜん》の論理が、なぜ、わからないのだろうか。

「俺、篠宮の親父がなんで自分の子どもにここまで酷《ひど》いことができるのか、まったく理解できねーんだけど」

桜坂も山下も、無言で同意する。何を考えているのか理解不能——というより、人間としての品性を疑う。

夫婦は離婚してしまえば赤の他人に戻れるが、親子は別だ。血の絆は死んでも切れない。

家族という枠組みが崩壊してしまうと、一片の情愛もなくなってしまうのか？

家族って……何？

親子の絆って、そんなに脆《もろ》いものなのか？

尚人と知り合う前は。一連の事件が始まる前までは、真剣にそんなことを考えたこともなかった。

けれど、今は違う。平凡で退屈な毎日……などと言ってはいられない。

平穏な日常に潜む落とし穴。桜坂自身、それを実体験してしまったから。

今の世の中、篠宮兄弟よりも悲惨な境遇の子どもは掃いて捨てるほどいるかもしれないが。それをただ漠然とイメージするのと現実視させられるのとは、雲泥の差だ。

桜坂たちにとって、尚人は見知らぬ他人ではない。翔南高校という学舎で、同じ時間を共有する大切な友人だ。

だから。リアルな痛みを痛みとして、我が事のように感じる。

同情ではない。

憐れみでもない。

だから、なんだ？

——と言われたら、一瞬、言葉に詰まるが。

その場のノリで適当に流せない。流したくない。だから、きちんと受け止めたい——という真摯な想いがある。

すべてを共有したいとも、それができるとも思っていないが。失えない絆、喪いたくない存在であることには違いない。

桜坂だけではなく、それは中野も山下も同じはずだ。だから、三人まとめて『番犬トリオ』などと呼ばれても気にならない。

「篠宮……きっと知らないよな？」

「どっちを？」

含みを持たせて、桜坂が口にする。

親父の暴露本発行を？

それとも、電車の中吊り広告を？

「そりゃ、そういうのが出るってのが周囲にモロバレになっちまったってことが、だろ」

「単に時間の問題って気もするけど？」

「柴田がソッコーで写メ送ってきた時点で、その噂《うわさ》、学校中に回ってると思うぞ」

たぶん。

きっと……。

——確実に。

「篠宮、何も知らずに登校してくるってことだよな」

唯一のネックは、そこにある。桜坂たち番犬トリオの気掛かりも、そこに集約された。

「どうする？」

らした。

何を？

――とも、問わず。三人はそれぞれ互いを見やり、無言のまま同じように深々とため息を漏らした。

§§§§　§§§§　§§§§　§§§§

二学期の始業式。

午前中、最後のＨＲが終わりチャイムが鳴ると教室は一気にざわついた。

尚人と桜坂は肩を並べて、たわいもない話をしながら……と言っても、ごく自然に話題を振るのは尚人で、桜坂はたまに『あー』だの『いや』だの単語を口にするだけ。それでも、はたから見れば楽しげに会話しているように見える。

尚人が絡んでいるときと、絡んでいないときとでは桜坂の雰囲気が露骨に違う――と、クラスメートにさえ言われる所以《ゆえん》である。

ある種の驚きはあっても、意味深な揶揄も皮肉もない。むしろ、彼らの中では尚人と桜坂の関係は別格という括《くく》りになっていた。

むろん。桜坂本人に、その手の自覚はまるでない。だからこそ、あからさまに露骨……だったりするのだろうが。

そのまま、いつものように帰路につく分岐点までやって来たとき。不意に、桜坂が言った。

「篠宮。ちょっと、付き合わねー？」

「え……？」

「話、あんだけど」

（なんだろう。珍しいな。桜坂が改まってそんなこと言うなんて……）

教室でも、駐輪場でもなく。わざわざこの場所で……というのが、尚人的にはなんとなく気になるが。

正門を出るまでは、中野と山下も一緒だった。

（中野たちにも話せないことなのかな）

「……いいけど」

「どっかで、昼飯、食う？」

そんなに込み入った話なのか？

ふと、それを思って。桜坂を見上げると。

「や……話ができりゃ、別にどこでもいいんだけど」

桜坂らしくもなく、言葉を濁す。

「ンじゃ、近くのファミレスにでも行く?」

「そうだな」

「炎天下で立ち話じゃ、熱中症になっちゃうかもしれないしね」

冗談でなく、だ。九月になったとはいえ、残暑はまだまだ厳しい。その熱中症絡みで怪我をした記憶も、まだ新しい。

とりあえず、携帯で裕太《ゆうた》に連絡を入れる。

『——わかった』

素っ気ない一言で、電話はすぐに切れた。

帰る時間が遅れるということだけわかっていれば、尚人がどこで、誰と、どんなふうに寄り道をしようと、裕太は詮索《せんさく》しない。無駄に干渉もしない。それが、尚人に対する裕太のスタンスだった。

尚人は桜坂とともに一番近いファミリー・レストランに入った。ランチタイムのピーク時にはまだ時間も早いということもあってか、店内に客はまばらだった。

「いらっしゃいませぇ。お好きな席にどうぞぉ」

笑顔満開のウエイトレスに声を掛けられて、桜坂は、大股《おおまた》でさっさと一番奥のテーブル席に向かった。

空いている席はいっぱいあるのに、わざわざ最奥を選ぶ桜坂に、

（なんか……密談っぽいよな）

尚人はチラと思う。

二人が腰を下ろすと、すぐさまウエイターが冷水とおしぼりを持ってきた。

「メニューがお決まりになりましたら、お呼びください」

きっちりと腰を折ってウエイターが去ると、まずは冷水《グラス》に口を付ける。今日は何の授業もない初日であっても、さすがにこの炎天下では喉が渇く。

それからテーブル横のメニューを取って、桜坂は和風ハンバーグランチを、尚人はデミグラスソースのオムレツを頼んだ。ついでに、冷水をもう一杯。その頃には、額に滲んでいた汗もすっかり引いた。

「——で？　話って、何？」

頃合いを見計らって、尚人が口火を切る。

こんなふうに改まって席を設けての話がなんなのか、尚人には予想もつかなかったが。それなりに話を切り出すタイミングが必要だろうと思ったからだ。

普段の桜坂であれば、まず、こういうシチュエーションは考えられない。

「野上《のがみ》との示談が正式に決まった」

いきなり野上の名前を持ち出されて、一瞬、ドキリとした。

「……そうなんだ？」

口にしながら、頭のどこかでホッとしている自分がいた。

「あー」

——よかったね。

そう、言うべきかどうか迷っていると。

「これで何もかんもきっちりカタがついて、すっきりした」

桜坂は、しごく淡々と口にした。野上側と双方の弁護士を交えて……という話が、これで決着したということだ。

「あいつが二度と俺の視界に入ってこなきゃ、あとのことはどうでもいい」

それがただのポーズでなく本気——なのは、いかにも清々したと言わんばかりの口調で丸わかりだった。

(そっかぁ……。ちゃんとケジメがついたんだ)

示談の内容がどういうものなのかは、知らないが。尚人的には唯一の懸念であった、どこか非常識としか思えない野上の母親にこれ以上桜坂が煩《わずら》わされずに済む。それを思うと、

(……よかった)

心底、ホッとした。

桜坂と野上、双方が負った身体と心の傷は完全には消えてなくならないかもしれないが、少なくとも、事件としての区切りはついた。その事実に、尚人は安堵する。

「——で、な」

ほんのわずか、桜坂のトーンが変わった。

「ん？」

「ちょっと、聞いていいか？」

——何を？

グラスに口を付けながら、目で問う。

すると。桜坂は、まるでここからが本番とでもいうように、テーブルに両肘をついてグッと身を乗り出した。

「おまえ……親父さんが告白本を出すって話、聞いてるか？」

それはまさに、予測不能な不意打ちであった。

まさか。いきなり。そんなことを問われるとは思ってもみなくて、尚人は片頬がわずかに引き攣れたような気がした。

なんで？

どうして？

——知ってる？

言葉にならない疑問が、頭の中で乱反射する。

——と。

「……スマン」

桜坂の眉間が歪んだ。

（や……そうじゃなくて）

尚人がモロに動揺してしまったのは、それが初耳だったからではない。なぜ、それを桜坂が知っているのかという純粋な疑問だった。

「……て、いうか。桜坂、なんで知ってるの？」

——え？

桜坂の双眸がわずかに見開かれる。

「初耳……じゃねーのか？」

コクリと、尚人は頷く。

「こないだ、雅紀《まさき》兄さんから聞いたばっか」

——マジで？

顔に、デカデカと書いてある。

いまだにクラスメートの間では無表情の権化扱いされている桜坂だが、尚人たちとのプライベートでは表情筋も軟化傾向にある。

「それって、いつの話？」

「五日くらい前かな」

「そっかぁ……」

「ウン。ただのデマカセとかじゃなくて、ホントに出るみたいだから。雅紀兄さん的には、いきなり現物が出てからじゃ、俺と裕太がショックを受けるんじゃないかって思ったみたい」

あまりにも正論すぎて、

(……だよな)

桜坂は思わず唸る。

よくよく考えてみれば、雅紀は業界人である。それも、ハイパースペシャルな。ただの一般人よりも情報通なのは、むしろ当然のことで。桜坂たちが知らないアンダー・グラウンド的な噂も裏話も、腐るほど知っているに違いない。

だとすれば、あの雅紀が無為に手をこまねいているはずがない。裏を返せば、そういうことにも思い至らないほど桜坂たちの動揺《ショック》が激しかった——と言えなくもない。

「雅紀兄さんからその話を聞かされただけで、俺たち、頭《アタマ》真っ白……だったけどね」

今でこそ、そんなふうに言えるが。

「桜坂は？　なんで、それを知ってるの？」

桜坂は無言で携帯を取り出し、中野から回してもらった写メールを見せる。

——瞬間。尚人の双眸が、こぼれ落ちんばかりに見開かれた。

「これって……」

「電車の中吊り広告らしい」

尚人と同じ自転車通学の桜坂が自分で撮ったわけではないのは明白で、いったい誰から送信されてきたのか？

それが、モロに出たのか。

「朝イチで、中野ンとこにメールしてきた奴がいたらしい」

「そう……なんだ」

「別口で、同じ物が山下にも届いたらしいけどな」

思わず、尚人は深々とため息を漏らした。

もしかしなくても、中野と山下にも心配させてしまったことは想像に難くない。

それで、ようやく、尚人は納得した。

「だから、みんなして、俺のことジロジロ見てたんだね」

「――は？」

「朝、登校してたとき。駐輪場でも、廊下でも、教室でも。みんなの視線がいつも以上にバシバシ突き刺さるっていうか……」

もう、さんざん見慣れた情景――と言ってしまえば、それまでだが。

「なんでかなぁ…って、感じだったんだけど」

今、思えば。なんとなく、異様だった。

バッサリ黙殺しても、しつこくまとわりついてくる視線。どうやら、あれは、そういう意味だった——らしい。

「……そっか」

電車通学の連中から、同じようなメールが一気に全開で飛び回ったに違いない。

「そういうことだったんだ?」

暴露本が発売されれば、またもや周囲が騒がしくなる。仕掛け人がどこの誰なのかは知らないが、本番前の前宣伝《プレ・デビュー》としてのインパクトは充分あったということかもしれない。

「俺ね、桜坂」

「……何?」

「ブッちゃけ、今だから言えるんだけど」

そう前置きして、尚人はわずかに口を歪めた。

「あいつが、俺たちを捨てて家を出て行ったとき、なんでだろうって……ずっと思ってた。何が、どこが、どうして?　——って」

桜坂は尚人の視線を真っ向から受け止めたまま、逸《そ》らさない。

——揺らしもしない。

「理由が知りたいのと、そんなこと聞きたくないのと、そういう正反対な気持ちがずっとあって……。でも、あえてそのことを考えないようにしてたっていうか。忘れたフリしてても、胸の奥底にずっと澱《おり》のように溜まってたんだよね」

どうして今更、桜坂相手にこんな愚痴のようなことをブチ撒ける気になったのか。尚人は、自分でもよくわからなかった。

雅紀にも言ったことがない。いや……言えなかったことだ。

なのに——なんで?

わからない……。

それが中野や山下だったら、もしかしたら違うのかもしれない。

野上のことがあったから。それで生真面目な事後報告と、事件当夜の電話口で、普段なら絶対に聞けないだろう真摯な本音を聞いてしまったから——かもしれない。

ギブ・アンド・テイク……。そんなつもりはまったくなかったけれど、こうして桜坂と向かい合っていると、つい本音がこぼれ落ちてしまった。

「でも、雅紀兄さんが……。あいつが何を言っても、それはあいつが自分の都合のいいようにねじ曲げた事実であって、俺たちの真実じゃない。そう言ったんだ。だから、俺もそれでいいかなって」

「兄貴の言うことが正しいと、俺も思う」

静かな口調で、桜坂はきっぱりと断言する。

力強くて、揺るがない——眼差し。

それは、雅紀とは違う意味で尚人を優しく包んだ。

「……そうだね」

微《かす》かに頷いて、尚人は今更のように刺激的な文字が躍っている写メールを凝視する。

（極道非道なクソ親父の逆襲……かぁ。スゴイ宣伝文句《煽り》）

何の含みもないわけではないが、正直な感想である。

売らんがための惹句《じゃっく》。言ってしまえば、それに尽きるのだろうが。

【視界のゴミにも言い分がある！】

――なんて、ずいぶんと挑発的である。

不特定多数の読者に向けてというよりは、むしろ、尚人たち兄弟に公然と喧嘩《けんか》を吹っかけているようなものだ。それがただの錯覚とは思えないところに、どうやっても消えない疵《きず》を意識する。

『言いたい奴には好きなように言わせておけばいい。バカな連中にいちいち付き合ってやる必要はない』

水掛け論の泥仕合をやってもしょうがないと言わんばかりの雅紀の言葉が、今更のように甦《よみがえ》る。

ほかの誰かがそれを言っても、きっと、すんなり納得はできなかっただろう。雅紀の言葉だから、重みがある。絶対的な信頼があるから、その重みがストンと胸に落ちてくる。それを、尚人は自覚する。

「俺たちに必要なのは振り返ることじゃなくて、足元ばかり見てることじゃなくて、前に進むことだって。今更だけど、それがようやくわかったような気がする」

自己憐憫《れんびん》に浸っているときには、人の言葉にはすべて裏があるような気がした。疑心暗鬼——というのとは違うが、何を言われても毒と棘があるように思えてならなかった。

どうしようもない喪失感で視界が曇っているときには、何も見えなくなった。

夢もない。

希望もない。

明日の自分を思い描けない。

それでも、死にたいとは微塵《みじん》も思わなかった。母の死という現実が、尚人を呪縛《じゅばく》していたからだ。

「結局、自分が好きでも嫌いでも、自分は自分にしかなれないっていうか。自分の人生は、ほかの誰も肩代わりしてくれないんだよね」

「……そうだな。都合の悪いことは全部他人のせいにして喚《わめ》き散らしても、何が変わるわけでもねーし」

真摯に自分と向き合えない者に、真の幸福は来ない。

深々とそれを実感しないではいられない桜坂ではあったが、わずか十七歳でそんな真理に真っ向からブチ当たるとは、まったく思いもしなかった。

二人の間で、束《つか》の間《ま》の沈黙が落ちる。

——と。まるで、そのタイミングを見計らったように、

「デミグラスソースのオムレツと和風ハンバーグランチ。お待たせいたしましたぁ」

深刻と言うほどではないがズシリと重くなった空気を裂くように、やけに軽いノリの声が割り込んできた。

《＊＊＊ポイズン＊＊＊》

午後の仕事を終えて、次のスケジュールを確認するために雅紀《まさき》が所属事務所である『オフィス原嶋《はらしま》』に顔を出すと、マネージャーの市川《いちかわ》からＡ４サイズのクラフトバッグを手渡された。

（……なんだ？）

表書きも、裏書きもない。仕事用の資料はすべて市川経由だが、何の説明もなく無言で手渡されることはない。

ファンレターにしては、ずっしり重すぎる。

（どういうこと？）

ちなみに。ファンレターの類《たぐい》ならば、毎月のように段ボール箱で来る。

今どきで言うなら公式サイトとは別に個人で発信するブログが主流であり、ファンに向けてのリップサービスもそれなりに必要とされるのかもしれないが。デビュー当時から『ＭＡＳＡＫＩ』は仕事上のプロフィール以外は露出しないというポリシーは今でも変わらない。

一連のスキャンダル騒動で、もはやプライバシーはダダ漏《も》れもいいところだが、それはそれ、これはこれである。

ファンのすべてが純真無垢《むく》だとは限らない。

元来、ファン心理というのはマスコミに露出した虚像にいだく二次元的な妄想と刷り込みであって、激しやすく冷めやすい偏愛である。熱狂的信者《コアなファン》のそれが、いつ何時《なんどき》、どのように豹変《ひょうへん》するかもわからない。

信者《ファン》だけではなく、足の引っ張り合いなど日常茶飯事である同業者《ライバル》もしかり、だが。

そういう意味においても、今のところ『オフィス原嶋』の唯一の稼ぎ頭《カリスマ・モデル》である『MASAKI』に対する事務所のガードはすこぶる固い。

ファンレターに限らず『MASAKI』宛《あ》てに来た物は、すべて事務所の関係者が事前にチェックする。

――が。段ボールに詰め込まれた開封済みのそれらを、雅紀が実際に目を通すことなど一度もなかった。怜悧《れいり》な外見を裏切らないその実態を知れば、さすがのファンも激怒して悪口雑言が飛び交うかもしれない。

ましてや、その中のひとつだけを選んでわざわざ市川に手渡されたこともだ。

カリスマ・モデルと呼ばれるようになっても、見知らぬ他人が自分のことをどう思っているのかなど、雅紀はまるっきり興味も関心もなかった。公式サイトへの書き込みとファンレターの数は人気のバロメーター。そんな単純明快な方程式にも、だ。

クラフトバッグと市川の顔を交互に見やって、雅紀が問う。

「なんですか？　これ」

「まぁ、その、なんというか……」

クラフトバッグの中身が何であるのか。当然、知っているに違いない市川の口調は、妙に歯切れが悪い。

しんなりと眉根《まゆね》を寄せて、雅紀は、けっこうな厚みと重みのあるそれを開けた。

——とたん。

眉間《みけん》の縦皺《たてじわ》はくっきりと深くなった。

中に入っていたのは『謹呈』と書かれた一冊の本。

銀流社《ぎんりゅうしゃ》という、まるで馴染《なじ》みがない……どころかまったく見たことも聞いたこともない出版社から、わざわざ自分宛てに本が送られてくる真意。

ハードカバー本のタイトルは『ボーダー』だった。

(あー、そういえば、発売は今月末とか言ってたな)

だから、慶輔《けいすけ》の暴露本のことである。

すでに、その話題は作為的に垂れ流されている。出版社名も発売日も伏せたままで敢行されたゲリラ攻撃的な地域限定の電車の中吊《なかづ》り広告といい、時間帯を絞ったネットのスポット参戦といい、宣伝費もバカにならないだろうが、結果として、その話題性だけでも充分に元は取ったに違いない。

見たくもないのに、視界に入る。

聞きたくもないのに、耳を穢《けが》す。

その極めつけがこれなのだとしたら、まさに業腹という以外にない。

「嫌がらせ……ですかね？」

ボソリと、雅紀がつぶやく。

クール・ノーブルと言われる美貌《びぼう》を裏切らない落ち着きのある美声は、普段のトーンよりも一段と低い。エアコンの効いた快適な室温は変わらないはずなのに、体感温度がいきなり下がる。

何をどうコメントすればいいのか……返答に詰まった市川の口元は、

「それとも、宣戦布告のつもりなのかな」

なにげに吐かれたにしては穏やかならざるその発言に、見事に引き攣《つ》った。

滅多に感情を揺らすことのない雅紀の双眸《そうぼう》が凍《い》てついている。口調はあくまで淡々としているのに、そのギャップは激しい。

触らぬ神に祟《たた》りなし……。

そのフレーズが頭の中をループするくらいには、市川も雅紀との付き合いは長い。

市川としても、雅紀にとっては地雷の根源といっても過言ではないそれをどうしようか、さんざん迷ったのだが。とりあえず、どうするかは本人の意思にまかせようと。

「まぁ、別にどっちでも大して変わりはないですけど」

さっくりと切り捨てて本をクラフトバッグに戻すと、雅紀はそのままゴミ箱に投げ捨てた。

ある意味、市川の予想通りに。

§§§§§　§§§§§　§§§§§　§§§§§

初めての我が子の誕生は、結婚生活最大の喜びをもたらすはずだった。

──だが。

生まれた子どもが自分とは似ても似つかない異相だと知った──その瞬間、人生の崩壊は始まった。


篠宮《しのみや》慶輔著『ボーダー』の書き出しは、その一文から始まった。

§§§§§　§§§§§　§§§§§　§§§§§

その日の朝。

いつものように。

沙也加《さやか》がパジャマのまま階下に降りていくと、加門《かもん》家のダイニング・キッチンでは祖父母がテレビに釘付《くぎづ》けになっていた。

朝のワイドショー。定番である。

亡母奈津子《なつこ》の実家である加門家は、老夫婦《祖父母》と沙也加の三人暮らし。祖父母にとっては、テレビが時計代わりのようなものである。

沙也加的には、一日中テレビ浸けの生活など考えられない。単に、時間と電気代の無駄遣いとしか思えないからだ。やりたいこととやらなければならないことに振り分けられる時間が足りないと思うことはあっても、無為に過ごす暇はない。

それ以前に、一方的に垂れ流される他人の声はむしろ雑音のような嫌悪しか感じないが。それを口にしたことはない。祖父母には祖父母の習慣があるからだ。

加門の家は祖父母の持ち家であって、沙也加のではない。言ってみれば、それに尽きた。

つけっぱなしのテレビがうるさい。

耳障りで、鬱陶《うっとう》しい。

加門家に引き取られた事情が事情だったから、当初はテレビの音すらもが神経を尖《とが》らせる一因になったが。今では、慣れた。

慣れるしか、なかった。

亡母は四人兄妹の紅一点の末娘。その忘れ形見である孫の沙也加は、自分が大切にされていることを自覚している。亡母は今でも許せないほど憎いが、祖父母は別だ。

それでも。ここは祖父母の家であって、自分はただの居候にすぎない。篠宮の家を飛び出して行き場を無くした自分を引き取って育ててもらったことには心から感謝はしているが。疎外感は埋まらない。

とにもかくにも。加門家では、一日はテレビから始まる。それが、いつもの見慣れた光景。

——そのはずだった。

けれども。

いつものように『おはよう』の声をかけようとして、

《いやぁ、ついに解禁になりましたね、超話題の本が》

いかにも興味津々《しんしん》——意味深長なキャスターの声に、一瞬、なぜかドキリと足が止まった。

そして。祖父母が身じろぎもせずに凝視しているテレビ画面に、

【篠宮慶輔著『ボーダー』。ついに発売】

その文字を見つけ、沙也加の視界は凍りついた。

《本日発売の、篠宮慶輔氏の赤裸々な告白本。『ボーダー』です》

《告白本というより、一部では過激な暴露本とか言われてますが》

過激な暴露本。

借金で首が回らなくなった男の、逆ギレの逆襲。

最初にそれを知ったのは、大学の校門。馴《な》れ馴れしく沙也加に擦《す》り寄って来てそれを口にしたのは、どこか得体の知れない、どうにも胡散臭《うさんくさ》すぎるルポライターであった。

半ば強引に押しつけられた名刺は、すぐに破って捨てた。だが、名字だけは覚えている。雅紀と同じ名前だったからだ。

そのときはまだ、告白本の存在は嫌悪感で鳥肌が立つだけの醜悪な噂《うわさ》にすぎなかった。

なのに。

——違った。

『どういう内容にしろ、ひどく偏った暴露本になるのは目に見えていますから』

あの日、加門家にやってきた雅紀の言葉が今更のようにまざまざと甦《よみがえ》る。

《帯の煽《あお》り文句からして挑発的ですよね。視界のゴミにも言い分はあるッ！　——ですもん》

《堂々とパクってますね》

《いやぁ、その言葉自体がまさにセンセーショナルでしたから》
《インパクトありすぎて、思わず平伏してしまいたくなりましたよ》
《容赦なくバッサリ斬《き》り捨て……ですからねぇ》
《ちなみに、帯裏は『極悪非道クソ親父の逆襲』です》
《しかも、黒地の帯表は金文字で裏は銀。すっごい悪目立ちします》
《こんなのが表と裏で平積みしてあったら、むしろ、視界の暴力じゃないですか？》
《本の装丁だけでも話題性に事欠かないって感じ》
視界のゴミ。
極悪非道のクソ親父。
そんな言葉は、すでに使い古されたはずなのに……。
——しかし。
さんざん使い古されてボロボロになった言葉も、金と銀の箔押《はくお》しの活字《キャッチ・フレーズ》になると、そのインパクトは強烈である。まさに、視界の暴力——であった。
テレビの画面を通してさえ、そうなのだから。おそらく、書店に平積みされている現物はもっとリアルに毒々しいに違いない。
ヤだ。
……ヤだ。

……………ヤだ。

それを想像するだけでムカついて、吐き気がしそうだった。

《『MASAKI』に、完璧《かんぺき》ケンカを売ってます》

《今まで防戦一方だった慶輔氏ですが、ここに来て一気に大爆発……ですかね》

《ある意味、極悪人《ヒール》の面目躍如？》

《なんたって、『MASAKI』が生まれた瞬間に人生の崩壊が始まった——ですし？》

思わず、ギョッとする。

沙也加だけではない。祖父母の硬く強《こわ》ばった背中が、一瞬、同じように引き攣れた。

見知らぬ他人から、最低最悪な父親の本音を聞かされる——衝撃。

（ウソ……）

それに勝る、不快感。

（——どうしてッ？）

込み上げる、嫌悪感。

それは、ただの驚愕《きょうがく》とは別口の、キリキリと内臓をねじ切られるかのような痛みとどんよりと痺《しび》れるような悪寒をもたらした。

《でも。篠宮氏、子どもは四人もいるんですよ？》

《そう、そう。それがまた、近所でも評判の美形兄姉弟《きょうだい》だそうで》

《へぇー、『MASAKI』だけが突然変異じゃないんだ？》
《や……『MASAKI』はすでに異次元ですよ。あんな兄貴がいたら、頭の上にデカい鉄板っていうか、いろんな意味でコンプレックス掻《か》きむしられそう》
《……だよねぇ》
《でなきゃ、ブラコンまっしぐら？》
《超絶美形。正統派美人。和み系に、ヤンチャ系。すべて取り揃《そろ》ってます。……みたいな？》
《いやぁ、DNAは侮《あなど》れません》
《どっちの？》
だから、テレビは嫌いだ。公共電波を使って平然と人のプライバシーを丸裸にする。
知る権利――という無神経を振りかざして、覗《のぞ》き趣味を正当化して、垂れ流す。
しかも、罪悪感の欠片《かけら》もない。
《頭のデキも半端じゃなさそう。例の、暴行事件の被害者になった次男は超進学校の生徒でし？》
《あー……。あの事件もいろいろ尾を引くよねぇ》
《深刻なトラウマですよ》
《事件の被害者が、別事件の加害者になるくらいだからねぇ》
そのことなら、沙也加も知っている。繰り返し、テレビでやっていたからだ。

美談が一転して悲劇にすり替わる衝撃事件。実名こそ伏せられていたが、詳細なプロフィールを故意に垂れ流しにすれば仮名の意味などなかった。
あのとき。病院で、五年ぶりに偶然、尚人《なおと》を見かけることになったのもそれがきっかけのようなもの。
《長女も有名どころの私大に通ってるそうですよ。末弟は、まぁ……あれですけど》
《『ＭＡＳＡＫＩ』も、あんなことにならなきゃ、某大学に推薦確実とか言われてたんでしょ？》
《それ、それ。『ＭＡＳＡＫＩ』って、見かけ通りの汗ひとつかかない王子様《プリンス》系だと思ってたけど、彼、バリバリの体育会系だったんですよね》
《高校時代はインターハイで剣道のチャンピオンだって。堂々たる武闘派ですよ。いやぁ、マジでビックリ》
《ついたアダ名が『東の青龍《せいりゅう》』……だそうです》
《日本人離れしたあの顔で、全日本高校生チャンピオン。スゴイよねぇ》
すでにモロバレになってしまった篠宮家のプライバシーに対して、今更、何の頓着も遠慮も必要としないのか。コメンテーターたちは無節操に沙也加の神経を掻きむしり、いまだ癒えない過去を上書きしていく。
何も知らないくせに。

本当は、何もわかっていないくせに。

簡単にわかったふうなこと言わないでッ！

今更のように、冷めない怒りと灼《や》けるような憤りで心が軋《きし》る。

《こう言っちゃあ、なんですけど。最初に人生崩壊しちゃったわりに、親父さん頑張りすぎじゃないですか？》

毒舌とまではいかないが、皮肉を交えた辛辣《しんらつ》な発言に、コメンテーターの間からそれと知れる苦笑が漏れた。

《言ってることとやってることに、大きな齟齬《そご》があるって？》

《ぶっちゃけ、ただのこじつけっていうか。自分を正当化するための後付け？》

《まぁ、ねぇ。不倫に走った下半身事情はどうでも、子どもを捨てるための言い訳にはならないでしょ》

《あれって、もしかして、一種の虐待《ぎゃくたい》じゃないですか？》

《普通、あーゆー出来過ぎの子どもが自分の子だったら鼻高々っていうか……。親バカ一直線だと思うんだけど。何が、どこが不満であんな極悪非道にハマったのか。常識的に考えて、理解不能……》

《そういうツッコミどころ満載な答えも、きちんと書かれてあればいいんですが》

《無理なんじゃない？》

《その理由は?》

《言っちゃあ悪いけど、カリスマ・モデル『MASAKI』の実父っていう付加価値がなかったら、ただの低レベルのクソ親父だし》

《厳しいご意見です》

《都合の悪いことはさっくりスルー……とか?》

《『MASAKI』じゃなくても、絶縁したくなりますよ》

好き勝手に吐きまくる連中にとっては、所詮《しょせん》、他人事《ひとごと》である。

何を言っても実害が及ばないただの傍観者だから、おもしろおかしく他人を批判できる。平然としていられる。そのことで深く傷つき、神経を逆撫《さかな》でにされる人間がいることなど露ほどにも考えていないに違いない。

《そんな篠宮慶輔氏の告白本『ボーダー』ですが、書店の予約だけで、早、五万部突破は確実と言われています》

(——ウソ)

内心、沙也加がつぶやくと同時に。

《マジで?》

毒舌で鳴らすコメンテーターが双眸《そうぼう》を見開いた。

《はい。版元である銀流社はまさにウハウハ状態で、笑いが止まらないでしょう》

《スゴイですね》
その口調に、変な茶化しはない。
《……ホントに》
皮肉もない。あるのは、純然たる驚愕の響きだけ。
《発売前に、すでに重版がかかっているそうです。もしかしたら、大手書店以外は初日で完売の再入荷待ち……なんてこともあるんじゃないんでしょうか》
コメンテーターたちは一様に唸《うな》る。
それは、そうだろう。何の実績もないド素人《しろうと》の書いた手記《暴露本》が、発売初日ですでに五万部突破。更に重版確実――なんて、まさに椿事《ちんじ》である。ビギナーズ・ラック以前の問題である。
あり得ない。
バカげている。
だが――それもリアルな現実なのだ。
否応なくその事実を突きつけられて、沙也加は嫌悪感に顔を歪《ゆが》めた。世の中の人間が、すべて醜悪な覗き魔に思えて。
《篠宮氏の借金問題も、これでスッキリ解決するんじゃないですかね》
《そりゃあ、そのための暴露本ですから》
《断言しちゃうんだ？》

《だって、誰がどう考えても、それしかないでしょう》
《これでまた、『MASAKI』との熾烈《しれつ》なバトルが再燃するんでしょうか?》
《や……僕的には、それはないと思うなぁ》
《その根拠は?》
《歳《とし》だけくってもガキな大人は腐るほどいるけど、『MASAKI』って、あの年齢でもう充分すぎるほどの大人《オトナ》じゃないですか》
《あー……そりゃ、まぁ、ねぇ》
しみじみと頷《うなず》くコメンテーターたちだった。
未成年時に人生の辛酸《しんさん》を舐《な》め尽くしてカリスマ・モデルにまで上り詰めた雅紀を、今更『ケツの青いガキ』呼ばわりする者はいないだろう。
《人生の修羅場をくぐってきた経験値に勝るものはないっていうか。自分で金も稼いだことのないスネかじりのガキが大人をナメくさって、視野狭窄《青臭い》だけの正論吐いて、カッコ付けて尖《とんが》ってたら、なんだこのバカは……って言えるけど。『MASAKI』は、そうじゃないでしょ?》
《いやぁ、あの目で睨《にら》まれたらマジで石化します》
《マスコミが実父との泥仕合を期待してガンガン煽っても、きっぱり黙殺……じゃないかな》
《どんなに金に困っても、『MASAKI』は絶対にプライバシーを売ったりしないと?》
《沈黙は金……つーか、最大の防御でしょ?》

《不都合な真実も、人に言えない秘密も、全部まとめて墓の中まで持っていくタイプ——ですかね?》

なにげなく吐かれた台詞《せりふ》に、沙也加は強ばった顔が更に引き攣れる思いがした。

それがただの事故——あり得ないことだが——であろうが。覚悟の自殺——雅紀は頑《かたく》なに否定するが——だろうが。母親の『死』は厳然たる事実で。

不都合な真実というのは、沙也加が母に投げつけた罵倒《ばとう》そのものである。

『お母さんなんか死んじゃえばいいのよぉぉッ!』

暴かれてはならない秘密と不都合な真実は、コインの裏と表。その隙間《すきま》に潜む事実に口を噤《つぐ》み、目を背けている限り、自分はまだ雅紀の共犯者でいられる。

穢れた事実を覆い隠すための——共犯者?

ふと、それが頭のへりをよぎって。

瞬間。ズクリ……と胸が痛んだ。

あの日。雅紀から叩《たた》きつけられた、完璧なる——拒絶。

思い出すだけで、頭の芯《しん》が冷えた。

《俺的には、『MASAKI』の本音っていうか、反論を聞いてみたい気はするけどね》

《そうですね。それは、この本を読んだ読者の正直な感想だったりするかもしれません》

《当然、一応、『MASAKI』にもコメントを取るんですよね?》

《できれば、いただきたいかなぁ……と》

《無理なゴリ押しで『ＭＡＳＡＫＩ』の逆鱗《げきりん》に触れなければいいんですけど》

《荒川《あらかわ》さん。なにげに辛辣な発言で、レポーターの三輪《みわ》さんによけいなプレッシャーかけないでくださいよぉ》

《何言ってンの。これは俺なりのエールですよ、エール》

コメンテーターたちの、屈託のない笑い声。あくまで、どこまでいっても他人事でしかないそれは、無性に癇《かん》に障った。

沙也加はギュッと下唇を嚙《か》んで、ゆっくり深呼吸した。

そうして、その一歩を踏み出した。

「おじいちゃん、おばあちゃん。おはよう」

とたん。

祖父母は、心底驚いたようにビクリと沙也加を振り返り。そして、祖父は慌ててテレビのスイッチを切った。

（いいのに。そんなに気を遣ってくれなくても……）

「お……おはよう。沙也加」

祖母の声はものの見事に裏返っている。驚愕と憤激と衝撃のカオスから立ち直れていないのは丸わかり……だった。

「ご飯、すぐに食べる?」

昼の端も、いまだに引き攣り歪んでいる。

それでも。無理やりにでも平穏な日常を取り繕おうとする。

――無駄なのに。

そうは、思わない。

そうすることが自分に対する情愛の表れなのだと、沙也加は知っているからだ。

だから、沙也加も見て見なかった振りをする。まるで茶番――だと囁《ささや》く声を頭の隅に押しやって。

見ない。

聞かない。

――触れない。

たとえ、それがその場凌《しの》ぎの平穏にすぎなくても。

「……ウン」

「じゃあ、ちょっと待ってて」

祖母がそそくさとその場を離れると、祖父はまるで取って付けたように新聞を広げた。内心の動揺を覆い隠してしまうように。

その日。

加門家の朝食はいつもと違ってひたすら静かな……いや、どんよりと重い食卓になった。

§§§§§　§§§§§　§§§§§　§§§§§

翔南《しょうなん》高校。

放課後の下校時。

いつものように。桜坂《おうさか》と肩を並べてゆったりとした足取りでざわめく教室を出た尚人は、階段を下りきったところで、

「篠宮君」

二学年の学年主任の立花《たちばな》に呼び止められた。まるで、そこで尚人を待ちかまえていたかのように。

「ちょっと……いいですか？」

目下の学生相手であっても、立花の物腰は相変わらず柔らかい。こういうところが、女子たちに陰で『バナちゃん』呼ばわりされる所以《ゆえん》なのかもしれない。

（なんだろう？）

組担任ではなく学年主任が直々に……という状況に、わずかに小首を傾《かし》げる。

それは、尚人たちを追い越していく者たちの共通の疑問でもあるのか。チラチラと興味深げに視線を投げかけてはくるが、それ以上でも以下でもなかった。

もしかしたら、その半分以上は桜坂のせいだったかもしれない。

別段、桜坂が睨みをきかしているわけでもない。

なのに。そこに桜坂がいるというだけで、自然と圧迫感が生まれる。――らしい。

気持ちはわかる。桜坂と親密になる前の尚人も、そうだった。

無言の圧力。

見えない壁。

そんな隔絶感を感じるのは、桜坂がどうとか言うよりも、たぶん、自分に自信が持てないからだ。

自分に確固たる自信があれば、変に怖じける必要もない。おそらく、真の意味で桜坂に何のこだわりもなく平然と声をかけることができるのは中野《なかの》くらいなものだろう。

それを口にすれば、

『……え？　なんで？』

きょとんとした疑問符が返ってくるのは、目に見えているが。

桜坂を視界に捉《とら》えた、とたん。そそくさとしか言いようがないほど、彼らの歩調は速まる。

ある意味、笑ってしまえるほどに。

「俺……外しましょうか？」

気を遣ってか、桜坂が言う。

すると。立花は何かを思案するように、束《つか》の間《ま》、口を噤み。

「──いえ。かまいませんよ？　むしろ、いてもらったほうが都合がいいかもしれません」

意味深に言った。

──それって、どういう？

──何が？

期せずして、尚人と桜坂は無言で顔を見合わせる。

「駐輪場は西口でしたね？」

「はい」

「じゃあ、今日は正門ではなく北門から出てください」

「……え？」

意味が──わからない。

いったい、何のために？

「正門前に報道陣《マスコミ》がいるので」

「──は？」

思わず、目が点になる。

(なんで……マスコミ?)

桜坂と野上《のがみ》の一件が正式に示談という形で決着《ケジメ》がついてからは、報道陣が喰《く》らいついてくるような情報《ネタ》はない。二学期が始まってからは、ある意味、そういう喧噪《けんそう》とは無縁だった。

——と。立花は左の人差し指で眼鏡《めがね》のブリッジを軽く押し上げた。

「篠宮慶輔氏が本を上梓《じょうし》されたことは、知っていますか?」

お父さんが——とは言わず、立花はあえて氏名で呼んだ。一連の事件を通して、尚人たち兄弟の父親に対するこだわりを嫌というほど実感させられたからだ。

長兄《雅紀》が冷静沈着に、平然と実父を『視界のゴミ』呼ばわりするくらいなのだ。

嫌悪感を剝《む》き出しにして激憤する。そうであれば、まだ救いがあったように思う。

だが——違った。

『今では感情を揺らす価値もない視界のゴミにすぎません』

そのとき。立花は、親子の確執とか断絶という言葉では括《くく》れない深淵《しんえん》を垣間見《かいまみ》たような気がした。

息子から父への引導を渡す——のではなく、完璧な決別。あの言葉には、そういう、ずっしりと重いモノがこもっていた。

実際、その衝撃は半端ではなかった。職員室でも、

『なんかもう、ひとりの親として身に詰まされる思いでしたよ』

『ショックで頭をカチ割られるってのは、あーゆーことを言うんですかね』

『我が子にあんなこと言わせる親って、ホント、もう最悪最低ですよねぇ』

そんな声が大半を占めた。

ただの同情とか憐憫《れんびん》などというレベルではない。尚人という存在を見知っているからこそ、よけいにそれを実感しないではいられない。

立花は剣道部の部活責任者という立場にある関係上、高校時代の雅紀を見知っていた。『東の青龍』――そんな敬称《二つ名》で呼ばれた頃の雅紀を。

部活顧問と言えば恰好はいいが、その実、剣道をやったこともないただのド素人でしかない立花だったが。なんの経験もない立花でもわかる資質というか、彼の、芯のブレない華がある剣道が好きだった。

道着に面をつけてしまえば、顔の美貌など関係ない。むしろ、見えない中にこそ美の本質が潜む。

静謐《せいひつ》の中の大輪。

小手先の奇策に頼らない王道の美意識。

惹《ひ》かれた。一目で魅せられた。自分が持てないモノすべてを、彼が体現しているような気がした。

その頃の雅紀と、今の雅紀とはまるで別人である。超絶美形であることに変わりはないが、醸し出すモノはまったく違う。

まさに、豹変――であった。

何が一番変わったかと聞かれたら、間違いなくその双眸だと答える。

剣道界から姿を消して、次にカリスマ・モデルとして現れたとき。すでに、彼の双眸から穏やかな平穏《幸福感》は失われていた。

人を寄せつけない、孤高のインペリアル・トパーズ。

そこには玲瓏《れいろう》で冷たい輝《凄み》きがあるだけだった。

それはそれで、よくも悪くも人を魅了せずにはおかなかったが。『青龍』と呼ばれた頃の雅紀を知っている立花には、その輝きが凍てついたダイヤモンドにしか見えなかった。

何が？

どうして？

――そうなった？

ずっと、疑問だった。

まるで抜けない棘《とげ》のように、喉《のど》の奥に突き刺さったままだった。

そして、知った。一連の報道で、篠宮家の崩壊劇を。

――あー……そうだったのか。

ようやく、納得できた。雅紀の豹変の理由が。

抜けない棘は抜けた。それはそれで、別の痛みをともなったが。

尚人とは、野上絡みの一件で初めて言葉を交わす機会があった。

雅紀とはまったく違うタイプの弟。だから最初は、同じ篠宮姓であっても兄弟とは思わなかった。いや——思えなかった。

大多数の人間がそうであるように、立花も雅紀が両親のどちらかが外国人である見かけ通りのハーフ・ブラッドだと思っていたからだ。それほど、雅紀と尚人にはまったく似ているところがなかった。

だが。ただ遠巻きに見ているだけなのと会話したあとでは、その印象《イメージ》が様変わりした。

見かけ以上に芯が強く、心がしなやかであることに驚かされた。

未成年である高校生といえば、身体がデカくなっても、いっぱしの口を叩いても、一回り以上の年齢の開きがある自分から見ればまだ硬いだけの蕾《つぼみ》である。学校という、ある意味閉塞《へいそく》された世界の住人であり、真の意味で世間の荒波を知らない、親という名の防波堤に庇護《ひご》された——子ども。

しかし。その枠に当てはまらない者も、確かにいる。子どもでありながら子どもではいられない者、悪目立ちをすることでしか自分を主張できない者、普通であることを擬態することでしか集団に埋没できない者が。

親離れ。

子離れ。

そうは言いながらも、家族は無意識に互いに依存している。

裏を返せば。それが、家族の絆《きずな》というものだと思っていた。

——が。真に自立するということがどういうことなのか、立花は篠宮兄弟に教えてもらったような気がした。

長兄は、目映《まばゆ》いばかりの宝石である。よくも悪くも人を魅了せずにはおかない輝石には、羨《せん》望《ぼう》と嫉妬《しっと》、称賛と軋轢《あつれき》が付き物である。世にカリスマと呼ばれる人物には、人を狂わせる磁力というか……そういう目には見えない強烈なオーラがあるのだ。

そういった傑出した人物の周囲には、大なり小なり破滅型の人生を送った近親者が少なくない。あまりにも眩《まぶ》しすぎる活力に毒され、侵蝕《しんしょく》されてしまうのだろう。

だから、対になる相手《ソウル・パートナー》が必ず存在する。あるいは、そうした相手を渇望する。そんな話を聞いたことがある。

立花は、筋金入りの運命論者でも徹底した現実主義者でもないが、それがまったくの眉唾《まゆつば》だとは思わない。表には出ない真実とは、そのときどきで形を変えて後世に伝えられる。そう思っているからだ。

だが。尚人の為人《ひととなり》を知って、立花は妙に納得がいった。この存在があるからこそ、雅紀はあれほど強くあれるのだろうと。

強烈な個性を包み込む、しなやかさ。踏みつけられても折れることのない、柔軟さ。

それを思うとき、立花は、夜にひっそりと咲き誇る月下香《チュベローズ》をイメージする。たおやかに、だが凛《りん》と佇《たたず》む清々《すがすが》しさを。

そういう兄弟の絆との対極にあるのが、実父の存在なのだろう。

だとしたら、長兄《雅紀》ほど過激にはなれなくても、弟《尚人》の認識もそれに近いだろう。穿《うが》ちすぎ……とは思えなかった。

案の定、と言うべきか。実父《慶輔》の名前を出した時点で、尚人の顔色がわずかに陰った。

父親――と言う名の鬼門。

「今日が本の発売日だったそうです」

瞬間。今度は、桜坂の眉間がありありと曇った。不快と嫌悪感で。

（あー……そういうこと？）

尚人は深々とため息を漏らした。

暴露本が発売されれば、周囲はまた騒がしくなる。雅紀に言われたことが、一気に現実味を帯びる。

「正門に張りついているマスコミ陣には、早々に立ち去ってもらいたいのは山々ですが。残念ながら、学校側に強制排除権はありませんから」

口先だけではなく、心の底からそう思っているのが丸わかりだった。

校門を一歩外に出てしまえば、そこは公道である。学校側には何を主張する権限もない。事実を報道する義務を盾に、知る権利を主張するマスコミの横暴さ。それは、翔南高校をも巻き込んだ一連の事件で証明されたようなものだ。

校門を出たとたん、尚人がもみくちゃにされるのは目に見えている。

それがただの杞憂《きゆう》ではない現実に、三者三様、顔を曇らせる。

「ご迷惑をおかけします」

尚人は、それしか言えなくて。

「いいえ。厚顔無恥な傍《はた》迷惑は節操のないマスコミであって、君ではありません」

立花はきっぱりと断言する。本音を言えば、諸悪の根源は慶輔であるが。さすがに、それは口にできない。それを断罪する資格があるのは、篠宮兄弟だけであった。

ここまで来ると、マスコミもタチの悪いストーカーと大差ない。

だったら。未成年保護法に基づき、半径百メートル内の接近禁止令でも発動してもらいたい——というのが、立花の本音だった。

こういうとき、一介の教師にすぎない自分としては常にない無力感をヒシヒシと感じてしまう。一個人ではどうにもならない、やりきれなささえ。

「ですので、取りあえず、今日は北門から出たほうがいいでしょう」

「――はい。そうします」

尚人は一礼して、その場を離れた。その隣には、きっちり番犬モードのスイッチが入ってしまった桜坂が張りついているのはいうまでもないことであった。

駐輪場までやってきて、尚人は鞄《かばん》から携帯電話を取り出した。

学校の正門にまでマスコミが集っているということは、もしかして……家の前にもいるかもしれない。そう思ったからだ。

電話のコール音が三回鳴って、裕太《ゆうた》が出た。

「俺だけど」

『――何?』

「ウチの前、もしかしてマスコミがいる?」

『――なんで、そう思うわけ?』

「学校《こっち》にもいるから」

とたん。裕太がうんざりしたように舌打ちした。

『昼間、雅紀兄ちゃんからも電話があった』

何の? ――とは、今更聞くまでもないが。

『あいつの本、今日が発売日だったって。ナオちゃん、知ってた?』

ブスリと、問う。

「さっき、先生から聞いた」

暴露本が出ることは知っていても、発売日など興味も関心もなかった。だから、この状況はまったくの不意打ちと言っていい。

（やっぱり、甘かったかなぁ）

今更のように痛感する。

出たら、出たときのこと。そうタカを括っていたのは否めない。

自分が思っていた以上にマスコミの反応が大きかった。それも、ただの言い訳になってしまうが。

一連の事件に関しては、社会的配慮という自主規制からか、さすがに尚人を直撃取材しようとする無謀なマスコミはいなかった。それもこれも、雅紀が正式に記者会見という場を設けて配慮を求めたことも大きかったからかもしれないが。今回は、それとはまったくの別口という態度があからさますぎて。

『あいつら、マジでウザイッ』

嫌悪感丸出しで、裕太が吐き捨てる。

「これから、帰るから」

『どっかで時間潰《つぶ》してきても、いいけど？』

「ムダなような気がする」

　学校ではやり過ごせても、家の前に張りついたマスコミを強制排除することはできないだろう。いみじくも、立花が口にした通りに。

『ナオちゃん、大丈夫なのかよ？』

「ウン。取りあえず、雅紀兄さんが言ったようにガン無視ってことで」

　一応の心構えがあれば、それなりに対処のしようもある。

　雅紀ほどではないが、黙殺することに関しては尚人も筋金入りである。そこは、未成年の特権をフル活用させてもらうだけである。

『――わかった』

「じゃあ、ね」

　いつものように、裕太が先に切る。

「はぁぁ………」

　どっぷりとため息が漏れるのは、もはや条件反射と言っていいかもしれない。

　電話の電源を切って。ふと、気付く。

（あれ？　メールが来てる）

　慌ててチェックする。

　学校にいる間はマナーモードではなく電源をＯＦＦにしているので、裕太に電話する前には気付かなかった。

メールは、雅紀からだった。

『暴露本、発売。大丈夫。何も心配しなくていい。誰が何を言っても相手にするな』

たぶん、同じことを裕太にも伝えたのだろう。

（ウン。わかってる。大丈夫だから）

取りあえず、返信する。

それだけで、妙に気持ちが軽くなった。

いつでも、ちゃんと、雅紀が自分たちを気遣ってくれる。それは、何よりの安堵《あんど》感をもたらした。

「弟……なんだって？」

「家の前にもいるみたい」

桜坂は盛大に舌打ちした。

「ンと、懲《こ》りねーよな」

知る権利を振りかざすハイエナ——とか、言ったら。本家本元のハイエナに失礼かもしれないが。

それでも。

（マジでムカつく）

内心の苛立《いらだ》ちを隠せない桜坂であった。

§§§§§　§§§§§　§§§§§　§§§§§

午後九時。

慶輔の暴露本が発売されて、三日目。

メンズ雑誌のグラビア撮りが終わって、雅紀がスタジオのエントランスを出ると。それを待ちかまえていたように、張り込んでいたマスコミが一斉に殺到した。

雅紀のスケジュールに関して『オフィス原嶋』が漏らすことなど絶対にないが、情報は漏れる。いつものことである。故意に漏らす者がいる以上、関係者に口止めをしても無駄だった。

「『ＭＡＳＡＫＩ』さん。慶輔氏の告白本について、一言お願いしますッ」

「『ＭＡＳＡＫＩ』さんッ。本は読まれましたか？」

「書かれてある内容について、ご意見は？」

「否定しないってことは、すべて事実だと受け取ってもいいんですか？」

「どうなんです、『ＭＡＳＡＫＩ』さんッ！」

「『ＭＡＳＡＫＩ』さん。何とか言ってくださいッ」

質問と。

詰問と。

――挑発。

なんとか、一言でもいいからコメントを取りつけようとマスコミ陣も必死だ。

雅紀の口から発せられたその一言で視聴率は倍に跳ね上がり、雑誌はバカ売れする。それはただの冗談でも皮肉でもなく、現実そのものだった。

適度な距離感で、雅紀を取り巻く渦は押し合いへし合いしながら、それでも一種の緊迫感を保ちつつ駐車場までやってきた。

各社、各人、何としてでもコメントは取りつけたいが、無謀な弾丸攻撃で自分だけが爆死するのだけは避けたいのか。あるいは、誰かが突破口を開くのを待ちかまえているのか。互いが周囲を窺《うかが》っているのがミエミエだった。

突きつけられたマイクもICレコーダーも完璧に無視して、雅紀は歩く。わずかに伏せた視線は、誰も見ない。

ウザイ。

どけ。

邪魔。

消えろ。

失せろ。

とっとと帰れ。

内心の毒づきはループしても、怜悧な美貌には一筋《ひとすじ》の揺らぎもない。

どんな言葉を投げつけられても、雅紀は一言も発しない。

沈黙は最大の防御であることを、遺憾《いかん》なく発揮する。

そんな、喧々囂々《けんけんごうごう》とした中。

「『MASAKI』さんッ。このまま何も言っていただけないのなら、弟さんに直接伺うことになりますよッ！」

耳障りを通り越して貫いた非難まじりの怒号に、一瞬、雅紀の足がピタリと止まる。

同時に、雅紀を取り巻く渦もその場で急停止した。

それまで、何を叫んでも投げつけても完璧にスルーだった雅紀の歩みを止めた――大金星。

その発言の主は、もしかしたら、それを千載一遇のラッキー・チャンスだと思ったかもしれない。

「答えてください、『MASAKI』さんッ。でないと、弟さんから直にコメントいただきますよッ！　それでもいいんですかッ？」

どこか勝ち誇ったような言い草には、

『カリスマ・モデルがなんぼのモンだか知らねーが、いつまでも、俺たち《マスコミ》をナメてんじゃねーぞッ!』

——的な傲慢《ごうまん》さが透けて見える。

あるいは。不遜《ふそん》すぎると言うにはすでに別次元なイメージを醸し出す雅紀に対して、苛立ちと嫌悪と不満があったのかもしれない。

テレビ・ラジオ・新聞・雑誌を問わず、報道関係者ならば多少強引な駆け引きであってもしようがない。報道は、視聴者の知る権利を行使する代弁者。どこよりも速く、正確なネタとコメントをもぎ取るのが記者の使命。そう思っている者は少なからずいた。

——かもしれない。

だが。追随のシュプレヒコールはどこからも上がらなかった。

——いや。上がりかけたであろう声は、すんでのところで凍りついた。

伏せた雅紀の視線が、ゆるりと持ち上がったからだ。

(……誰?)

冷たく痺れるような殺気を込めて、雅紀は声の主をサーチする。

(……どいつだ?)

その視線に射抜かれて肝を冷やし、マスコミ陣はそれが雅紀の地雷を踏んだのだと知った。

(出てきやがれ)

真っ向から浴びせられるそれから逃げるように、自分ではないことを言外にアピールするか

のように顔ごと視線を背ける者たち。そうすることが、必然的に、雅紀の逆鱗《げきりん》に触れた人物を浮き上がらせることになった。

雅紀を取り巻く渦がほどけ、その人垣が剝《は》がれ落ち、雅紀の視線と発言の主を遮《さえぎ》る壁が消え失せる。

（……こいつか？）

その瞬間。人を魅了してやまない雅紀の双眸は、怜悧な宝玉からメデューサの呪《のろ》いを放つ邪眼に豹変した。

（殺すぞ、てめー）

二人の視線がかち合う――というよりはむしろ、男は雅紀の威圧感に完璧に呑《の》まれて声を失った。

《＊＊＊ノイズ＊＊＊》

私は次子《じし》など欲しくはなかった。

だが、妻は違った。夫婦のぎくしゃくした隙間を埋めるにはその手のスキンシップが不可欠だと思い込んでいた。

求められて拒んでも、妻は毎晩のように私のベッドにもぐり込んできた。

単に好きだったのかもしれない。セックスが。

妻が妊娠するとホッとした。これでしばらくは独り寝ができる。そう思ったら、不眠症も吹き飛んだ。

§§§§§　§§§§§　§§§§§　§§§§§

「沙也加《さやか》さんッ」

「一言、お願いしますッ」

「書かれていることは事実ですか？」

「お父さんにおっしゃりたいことはッ？」

行く先々で、突きつけられる詰問。

いや。

――イヤッ。

――嫌ッ！

自分はごく普通の一般人であって、芸能人でもなんでもない。

なのに。

いや――それどころか、まるで犯罪者を糾弾《きゅうだん》するかのようにしつこく後を付け回されて、沙也加は疲労困憊《こんぱい》。マジギレ寸前だった。

それでも、ひたすら耐え続けたのは、一言でも言葉を返せばたちまちマスコミの餌食《えじき》になることがわかりきっていたからだ。

そんな沙也加の様子を見かねて、大学の友人たちは声を落としてさりげなく言った。

「ねえ、沙也加。『ＭＡＳＡＫＩ』に……」

そう言いかけて、加持《かじ》は一瞬口ごもった。

「あ……ゴメン。さすがに呼び捨てはマズイよね」

「だからぁ、お兄さんに頼んでみたら？」

加持の言いたかったことを代弁するかのように、横から相田《あいだ》が口を挟んだ。

予想もしていなかった雅紀《まさき》の名前を持ち出されて、一瞬、沙也加はわずかに気色ばむ。

「それがいいよ、沙也加」

駄目押しのつもりなのか、柏木《かしわぎ》も賛同する。

「このまんまじゃ、沙也加、まいっちゃうよ？」

「そうだよ。こういうときはね、使えるものはなんでも使わなきゃ」

「そぉ、そぉ。非常事態なんだからぁ。遠慮してちゃダメよぉ」

このところの沙也加を心配してか、あらかじめ三人で言うべきことを決めていたかのような口ぶりだった。

嫌味も悪気も微塵《みじん》もないその言葉に、素直に感謝する。

だが。友人たちは知らないのだ。雅紀と沙也加が長く絶縁状態にあることを。

父親のことがあって、母のことがあって。そういう事情が事情だから、沙也加ひとりが亡母の実家で暮らしている。そのことに、何の疑問も抱いてはいないのだろう。

デリケートなプライベート問題には、極力、口を挟まない。それが、友人としての距離感
――彼女たちの沙也加に対する思いやりであることは間違いない。

けれども。長く続いた絶縁状態は、先日、最悪な結果で終わりを告げた。そう思っているのは沙也加だけで、雅紀にしてみれば、すでに感情を揺らす価値もないのは厳然たる事実なのかもしれない。

「お兄さんなら、絶対に何とかしてくれるって」

力を込めて、加持が言う。

その根拠のない思い込みは、いったい、どこから来るのか。

「だってぇ、お兄さん、最強の守護天使だもん」

きっぱりと、相田が言い切る。

最強の守護天使《ガーディアン・エンジェル》。その呼び名は、一連の事件絡みで雅紀の代名詞になった。

何があっても。

——護ってくれる。

どんな困難が待ちかまえていても。

——庇《かば》ってくれる。

どこから災厄が降りかかってきても。

——食い止めてくれる。

絶対に期待を裏切らない、白馬の王子様。

ただの王子と言ってしまうには、近寄りがたい威圧感丸出しだが。身内には優しく、敵には容赦がない最強ヒーローであることは間違いない。自分だけの守護天使を夢想するには欠かせないファクターである。

男性社会の中ではどうだか知らないが。友人たちに限らず、一般女子の雅紀に対するイメージは、

【強い】

【優しい】

【裏切らない】

超絶美形の守護天使――で、しっかり固定されてしまった。

「そうよね。この間のあれなんか、マジで鳥肌立っちゃったし」

「あれ…って？」

沙也加がしんなりと眉をひそめると。

「沙也加、知らないの？」

「テレビでこれでもか…ってくらいに流れてたけど」

また何か、雅紀が問題発言でもしたのだろうか？

世間では、それを『ＭＡＳＡＫＩ語録』と呼ぶ。

――らしい。沙也加も、ようやく最近になってそれを知った。

「ウチ……今、テレビのスイッチ切ってるから」

冗談ではなく。朝イチから時計代わりのテレビ浸けの毎日だった祖父母が、一切、その手の番組を観ない。慶輔《けいすけ》の話題が出ない日はないからだ。

すでにうんざり……を通り越してアレルギーに近いかもしれない。

沙也加に不快な思いをさせたくないという配慮は、当然あるだろうが。死者を墓の中から引きずり出して鞭打《むちう》つかのごとく亡母——祖父母にとっては唯一の娘だが——の名前を取《と》り沙汰《ざた》されるのが苦痛であるに違いない。

それでなくても、家の前には性懲りもなくレポーターが群がっている。あの手この手で、一言でもいいから生《ナマ》のコメントを引き出そうと。

おかげで。祖父母は今、買い物にも出かけられない引きこもり状態なのだった。

なので。日用品などは、沙也加が大学帰りに車で郊外の大型店《スーパーマーケット》で買ってきている。車であれば、不快にうるさくまとわりつかれることもないし、邪魔なだけのマスコミもクラクションひとつで蹴散《けち》らすことができる。

「そう……なんだ？」

「うん。母の名前が出るのも辛《つら》いらしくて……」

沙也加とは真逆の意味で。

三者三様、しんみり……というには異質の沈黙が落ちる。

「だったらぁ。やっぱり、お兄さんに頼むべきだよぉ」

「ウン、ウン」

沙也加にはわからないが、彼女たちには確固たる自信がある――らしい。

教えてもらったインターネットの動画サイトを見て、沙也加は、その理由を初めて知った。

§§§§　§§§§§　§§§§§　§§§§

仕事が終わったばかりなのか。どこかのビルらしき前で、

《それは、脅迫ですか？》

幾重にもマスコミ陣に囲まれた雅紀がゆっくりと口を開いた。

それまで、無言で雅紀が歩くたびに無駄に煌《きら》めいていたカメラのフラッシュの音と光が、その瞬間、ピタリと止《や》んだ。

時間が止まる――というのは、まさに、このことかもしれない。

画面を通してさえ、痛いほど沈黙が張り詰めているのがわかる。だとしたら、リアルタイムの現場はもっと、ずっと、凄《すご》かったに違いない。

そう。威圧感という名のプレッシャーが……。

テレビドラマのような決めの効果音も、臨場感を煽る音楽もない。ひたすらずっしりと重たいだけの沈黙の中、雅紀が誰かを見据えている。金茶色の双眸に絶対零度の怒りを込めて。

誰も、動かない。

いや——動けない。雅紀が醸し出す負のオーラに頭から呑まれて全身が硬直してしまったかのように。

《私があなたの質問に答えないと、弟に害が及ぶかもしれない。そういうことですか?》

口調は平坦《へいたん》で、ことさらゆっくりと紡ぎ出される声には抑揚がない。それは、動揺が透けて言葉に覇気《はき》がなくなった——わけではない。

人間、怒りのボルテージが限界値《レッドゾーン》を振り切ってしまうと、かえって感情が失せてしまう。つまりは、そういうことなのだろう。

先の、ふたつの会見で見せた雅紀の顔つきのほうがまだしも人間味があった。

《何の反論もないということは、そういうことだと受け取ってもかまわない。つまりは、そういうことですね?》

それは先ほどまで、声を大にしてさんざんマスコミ陣が口走っていた台詞である。

何も否定しないということは、本当だということですね?

反論がないということは、事実だと認めるということですか?

それで、いいんですね?

コメントを引き出すための、マスコミの常套句《じょうとうく》である。まさか、自分たちが言い放った言葉をそっくりそのまま打ち返されるなどとは、思ってもみなかっただろうが。

《あ…。や……そういう、こと……じゃ、なく……て……》

しどろもどろの掠《かす》れ声にパンするカメラはひとつもない。

画面は凍てついたように、雅紀を映す。雅紀だけをひたすら映し出す。

《では——どういう意味ですか？》

再びの沈黙。

《知る権利という横暴を振りかざし、弟を人質にとって私に無理やり答えを強要するのは、脅迫じゃないんですか？》

高性能な収音マイクは、固唾《かたず》を呑み、息を詰め、かさついた唇を舐め取る音を拾い、沈黙の中に潜む臨場感を高める。

迫真の演技ではなく、嘘のない緊迫感。その場にいるのはエキストラではない、皆が皆、そこで起こっている事件の当事者であった。

《あなた、自分の暴言が全国ネットで垂れ流しになる責任と晒《さら》し者になる覚悟は、もちろんあるんですよね？　ＫＩＢテレビの西野《にしの》さん》

——瞬間。

いきなり画面がブレた。まるで予想外の衝撃が走ったかのように。

《未成年である弟にマイクを突きつけて、しつこくまとわりついて追い回すような奴は、悪質極まりないクズも同然ですから。もちろん、平然とカメラを回してるのも同罪でしょう？　そういう無神経で非常識な変態《クズ》には、今後一切容赦しませんから。それだけ、きっちり覚えておいてください》

それだけ言い捨て、雅紀は歩き出す。しかし、その後を追う者はひとりとしていなかった。

そして。動画は途切れた。

沙也加は握りしめた指をぎくしゃくとほどき、詰めた息をそっと吐いた。

『何を言われても相手にするな』

そう言ったのは、雅紀だ。

なのに。雅紀自身が、マスコミ相手にきっちり宣戦布告をしたも同然ではないか。

その事実を突きつけられて、沙也加は何とも言い難い気分になった。

（……尚《なお》だから？）

尚人のためなら、雅紀は、あえて言う必要もないことも言ってのけるのだ。そのことで、自分に対するデメリットが増すことさえ厭《いと》わないのだろう。

（お兄ちゃん、そんなに……尚のことが大事なの？）

それを思うだけで、不快感が込み上げた。沙也加には、絶対に与えられることのない特権だからだ。

【最強の守護天使】

その言葉がリアルな重みと嫌悪感をともなって、沙也加の胸にズシリとのしかかった。

《＊＊＊ブレイズ＊＊＊》

誰もわかってはくれなかった。

ただ、口々に批判と根拠のない罵声《ばせい》を浴びせかけるだけで。

当事者でもない者に、いったい何がわかるというのか。

私はただ疲れただけだ。偽りの仮面を被《かぶ》り続けることに。

自分をごまかすことに嫌気がさして、疲れ果て、心が折れて砕けてしまう前に家を出た。

それが、そんなに悪いことなのか?

§§§§　　§§§§§　　§§§§§　　§§§§§

翔南《しょうなん》高校。

放課後の第三多目的ルーム。

「それでは。時間になりましたので、本日の定例委員会を終わります」

今月の議長である三組の津田《つだ》が、締めの声を張り上げた。

「お疲れさまでした」

「おつかれさーん」

男女交えての唱和は、ほとんど儀礼的である。

二学期の日替わりでもある学年委員会《クラス》は、大した問題もなくいつもより比較的スムーズに終わった。

「はぁぁ……終わったぁ」

中野《なかの》は机上のプリントをクリアファイルにしまって、軽く伸びをした。その左隣で、

「今週も定時でよかったよな」

山下《やました》がのんびりと漏《も》らす。

「次回は、それなりに大変かもしれないけどね」

尚人《なおと》もゆったりと腰を上げる。

「文化祭目前だからな」

四人掛け長テーブルの右端に座っていた桜坂《おうさか》が同じように席を立った。

長テーブル五列に、スチール椅子《いす》が四脚。最後列は、いつの間にか四人の指定席になってし

まった。

「……だよなぁ」

「そうだね」

「今から憂鬱《ゆううつ》う」

四人はゾロゾロと多目的ルームを出ていった。

定例委員会として、毎回、議題はあるが。一学期ほど紛糾《ふんきゅう》……いや、白熱することはない。皆が、それぞれに慣れた。つまりは、そういうことなのかもしれない。

なんといっても、役員任期は一年。ひとクラス二名からなる委員は、学期が変わっても変更されることはない。

だから、進級しての役員決めには、皆、半端なく気合いが入る。役員になるのとならないのとでは、大違い。ましてや、クラス委員などというのは、はっきり言って一年間クラスの雑用係みたいなものだからだ。

自分から率先してやりたがるような奇特な奴はいない。

初めは、嫌で嫌でしょうがなかったクラス委員であったが、いざ、顔合わせの段になって見知った顔があることに、思わず顔を綻《ほころ》ばせた筆頭は、間違いなく中野であったろう。

『二年になって篠宮《しのみや》と別クラスになってガックリで、しかもクラス委員の貧乏クジで憂鬱……とか思ってたけど。顔合わせのときに篠宮がいたんで、マジでラッキー』

などと笑い飛ばせるのが、中野――である。

『まさか、その片割れが桜坂なんて、最初はドッヒャーとか思ったけど』

むろん、山下にも否はない。

不本意であろうが、なかろうが、選抜されたからには全力投球……とまではいかなくても、それなりに頑張る。そこに予定外の楽しみがあれば、ラッキーには違いないのだから。

そのクラス委員に決まった経緯を考えると、男女二人で一組という定例を無視した掟《おきて》破りということで、当初はいろいろ色眼鏡《いろめがね》で見られていた尚人と桜坂だが、今ではどのクラス委員《ベア》よりもしっくり収まっている。そこに中野と山下のコンビが加わることによって、毛色は違うが無敵のカルテットになった――といっても過言ではないだろう。

そんな、ある意味、半端なく悪目立ちする四人組が押し自転車《チャリ》で校門から出てくると。二車線の道路を挟んだ向かい側に、思いがけない人物がいた。

(沙也《さや》……姉《ねえ》?)

間違いない。

尚人の記憶に残っているのは中学三年生の沙也加《さやか》だが、勝ち気な美少女と言われた当時の面影は色濃く残っている。

けれども。込み上げる懐かしさよりも、久しく滞っていた情感が不意に甦《よみがえ》って胸が詰まるより、正直、困惑が先に立った。

——いや。

いきなりの不意打ちどころか。

(……ウソ)

まったく予想もできないハプニングだ。

(なんで?)

尚人の足は硬直し。

(どう……して?)

顔も強《こわ》ばりついた。

沙也加とは、五年ぶりの再会である。

その前に一度、裕太《ゆうた》絡みで電話がかかってきたが、その声音《トーン》も口調もひどくよそよそしかった。

沙也加との決別の因縁が因縁だけに、それもしょうがないのかもしれないが。尚人的には、たとえどんなことがあっても、沙也加が二度と篠宮の家に帰ってくることはないだろうと思っていた。

ただ漠然と……ではなく。

むしろ、確信的な。

母の葬儀にも来なかった。それは、雅紀《まさき》と尚人に対する完璧《かんぺき》な拒絶である。そうとしか考えられなかった。

なのに。

——なぜ？

束《つか》の間《ま》、尚人は惑乱する。

事前に何の連絡もなく、いきなり沙也加がやって来た——理由。

それは。

——もしかして。

(暴露本のこと？)

この時期《タイミング》で、沙也加がわざわざ尚人に会いに来る理由といえば、結局、それしか思い当たらない。

しかも。篠宮の家に、ではなく。尚人が通う高校に——ともなれば。

もしかして、下校時間からずっとそこで待っていたのだろうか？

それはそれで、ひどく悪目立ちだったに違いない。正統派美人と言われる沙也加の美貌《びぼう》は、五年経って更に磨きがかかっていたからである。

身内贔屓《びいき》で言うのではない、目映《まばゆ》いばかりの美貌と眼力《めぢから》。内から醸し出すオーラの強さは、やはり雅紀に似ていた。

血は争えない。

もはや、さんざん使い古されたフレーズではあるが、今更のように納得させられてしまう尚人だった。

それは、同時に。番犬トリオの警戒心を掻《か》きむしるには充分だった。

目線は一点に据《す》えられたまま、微塵《みじん》も揺らがず。双眸《そうぼう》から放たれる眼力はきつく。しっかりとした足取りで、ためらいもなくまっすぐ歩み寄ってくる若い女。

沙也加と尚人の関係を知らない桜坂たちにしてみれば、見かけは今風《いまふう》の女子大生にしか見えなくても、尋常とは思えないほどきつい目で睨《にら》んでくる女が無神経なマスコミ関係者と同類にしか見えなかった。

——誰？

——なに？

——なんなわけ？

無駄に正門に張りついていたマスコミも、ようやくいなくなって。番犬トリオとしても、ホッと一息だった。

そんな状況での、まるで満を持したような沙也加の登場である。相手がスタイル抜群の美人であっても、警戒心を解く理由にはならない。

人畜無害のように思えても、人間はいつ何時《なんどき》どのように豹変《ひょうへん》するか……わからないのだから。

ほんの目と鼻の先で、沙也加が足を止める。

——寸前。桜坂が尚人を背に庇《かば》うようにスッと前に出た。

とたん。

(え……?)

尚人と。

(なによ?)

沙也加が同じように目を見開いた。二人の双眸に宿るものは、まるで正反対だったが。

「邪魔なんだけど」

頭ひとつ分以上はゆうに高い壁を、沙也加が睨む。

「あんた——誰? 篠宮に何の用?」

威圧感丸出しで、桜坂が詰問する。一般人ならば、まして女ならば一発で腰が引けてしまいそうになるそれを、

「関係ないでしょ。どきなさいよ」

沙也加はきつい目で見返した。

その構図は、あたかも、獰猛《どうもう》な肉食獣相手に無謀にも猫パンチを喰《く》らわす可憐《かれん》な美猫——である。

中野も山下も、常ならば、

『うわ……スゲー』

『桜坂相手にマジでガチンコかよ』

あっけらかんと、そう思ったかもしれないが。番犬トリオの認識からすれば、最初から『タダモノじゃない』オーラ全開にして尚人に歩み寄ってきた正体不明の女——という状況であるだけに、しんなりと眦《まなじり》を吊《つ》り上げただけだった。

ある意味、すこぶる嫌悪なムードを実感して、尚人は慌てて桜坂の腕を摑《つか》んだ。

「桜坂。その人、俺の姉さん」

——え？

——は？

——へ？

桜坂が。中野が。山下が。弾《はじ》かれたように、一斉に尚人を見やる。

ビックリ。

ドッキリ。

まさに、目が点——であった。

「……マジで？」

「ホントに？」

「——姉ちゃん？」

コックリ深々と、尚人が頷《うなず》く。

——ウソだろ。

——これの、どこが?

——だって、ぜんぜん似てねぇーじゃん。

番犬トリオの心の声はダダ漏れである。

(……だよね。俺も五年ぶりだけど)

笑えない事実である。

茶化せない。

イジれない。

冗談にもできない。

まさか、本当にそういうオチだとは思ってもみなくて。

「——」

「あー……」

「そっかぁ」

番犬トリオは一瞬気まずげに、それぞれがてんでバラバラに視線を泳がせた。

「ウン。だから——大丈夫」

何が。

——とは言わず。

何が？

——とも、問わず。

尚人と番犬トリオは暗黙のうちにしっかり視線を絡める。

そして。無言で一歩引いた桜坂の背中から、尚人は一歩踏み出した。

「沙也姉。久しぶり」

穏やかに声をかける尚人は、すでに平常心だった。それもこれも、桜坂たちのおかげ……と言えなくもない。ワンクッションを置くことで、驚愕《きょうがく》も、困惑も、妙な居心地悪さもすべて相殺された。

「ちょっと、いい？　話があるんだけど」

沙也加の口調は硬い。桜坂を相手にしていたときよりも、数段。ただの緊張感だけではなく、そこに沙也加の尚人に対する心情が透けて見えた。

「——わかった」

尚人がコクリと頷くと、沙也加はチラリと尚人の背後に視線を投げた。その目には予想外の苛立《いらだ》ちや不快感、その他もろもろが入りまじったような何とも言い難いものがこもっていた。

とりあえず自転車をその場に止めて、沙也加に促されるまま、尚人は校門からの壁伝いに歩道を歩き出した。

尚人と沙也加が三十メートルほど先で止まるのを見て。番犬トリオたちは、ようやく詰めた息を吐いた。

§§§§§　§§§§§　§§§§§　§§§§§

「あー、ビックリした」

今更のように、中野が漏らす。

「マジで、姉ちゃんだったんだ?」

山下の口調にも、その余韻《よいん》がこもる。

「つーか、俺。篠宮ン家《ち》は男三人兄弟っていうイメージが強すぎて……」

「……だよな。まったくの隠し玉もいいとこ……みたいな?」

桜坂は深々と頷く。尚人の口から兄《雅紀》と弟《裕太》の名前は出ても、姉《沙也加》の話が出たことなどただの一度もなかった。

「姉ちゃん、美人だよなぁ」

本音しか言えない。

「篠宮ンとこの兄弟って、ホント、美形揃《ぞろ》いなんだな」

誰も否定できない。

長男＝超絶美形。

長女＝正統派美人。

次男＝和み系。

三男＝ヤンチャ系。

篠宮兄妹弟を語る上では、すでにそれが定説だ。テレビでも雑誌でも、それが篠宮兄妹弟を印象付けるための外せないファクターになってしまっている。長兄である雅紀を除いて、本物の篠宮兄妹弟を知る者など、世間的に言えばほんの一握りでしかないからだ。

なのに。そういう差別化することで、皆、篠宮兄妹弟を知っているかのような気分になってしまっている。刷り込みという名の錯覚は侮《あなど》れない。

「桜坂は、一番下の弟にも会ったことあるんだろ？」

「あー」

「どんな感じ？」

桜坂は、末弟の裕太の目鼻立ちのくっきりとしたきかん気な顔つきを思い浮かべる。

「姉ちゃんにそっくり。ハンパなく性格がキツそうなところが」

長兄にしろ姉にしろ末弟にしろ、顔立ち、その眼力が半端ではない。それでいけば、過度に自己主張をしない、それでいて不思議に印象に残る顔立ちをした尚人だけが異質であるような気がした。

小さな頃はどうだったか知らないが、たった一度会っただけでもわかる。少なくとも、末弟のあれを『ヤンチャ系』とは言わないだろうと思う桜坂であった。

「そうなんだ?」

「それより、俺。桜坂の俺サマ光線全開でビビらない……つーか、タメ張れる豪傑な女って初めて見た」

相変わらず、中野はなにげに暴言寸前である。

「さすが、篠宮の姉ちゃん。タダもんじゃねーって感じ」

桜坂を気丈に睨み返してきたというより、あれが本質なのだろう。だとすれば、相当に性格もキツそうだ。もしかしたら、あの弟の上をいくかもしれない。

(ホントに大丈夫か? 篠宮)

なんやかやと言いながらつい老婆心に走ってしまうのは、番犬ならではの庇護《ひご》欲という刷り込みだろう。

「俺さぁ。姉ちゃんが篠宮目がけてガツガツきたとき、一瞬、なんかデジャブ……とか思っちまった」

ボソリと、中野が漏らすと。

「おまえも？」

即座に山下が反応した。

「……って、やっぱり？」

「そうなんだよ。わッ……マズイんじゃねー、とか？」

「だろ？　だろぉ？　なんか、背中がビリビリきてさ」

中野と山下は、いきなり桜坂にはわけのわからない世界の住人になったまま、ふたりで深々と頷き合っている。

「――おい」

「なに？」

「ふたりで世界作ってないで、きっちり説明しろ」

「篠宮には、オフレコだぞ？」

それは、どういうシチュエーションだ？

しんなりと眉《まゆ》をひそめて。とりあえず、桜坂はムッツリと頷いた。

「あんときも、やっぱり、クラス委員会があった日でさ」

「そう。葛城《かつらぎ》と島崎《しまざき》が傍《はた》迷惑にガチでバンバンやり放題だったんだよな」

「いつまでたっても堂々巡りのループ状態で、みんな、もううんざりって顔だった」

（いつの話だ？）

桜坂はハタと考える。だが、過去の記憶をどれだけ捲《めく》っても、そんなことはまるで覚えがなかった。

「俺、記憶にねーぞ」

「そりゃ、おまえ、いなかったし」

「——はぁ？」

「だから、おまえが用事があるとかで欠席してた日だよ」

そう言われれば、一回だけ委員会を抜けた日がある。あのときは、どうしても外せない用があったのだ。

「そう、そう。桜坂がいたら、あいつらもあんなに熱くならなかっただろうって、みんな言ってたもんな」

そりゃ、どういう意味だ？

思わずツッコミを入れかけて、思い留まる。そんなことをしたら、ますます話が脱線しそうな気がして。

「——それで？」

「委員会が終わって、俺たち三人でブツくさボヤきながら校門を出たんだよ。そしたら、他所《よそ》の高校の女子が篠宮を待ち伏せしてたんだよ」

「他所の高校って？」

「嶺倉《みねくら》の紫女子《ゆかり》」

瞬間、桜坂の顔の芯《しん》を何かが貫いた。まるで、予想外の重みを持った、それ自体が何かの符号であるかのように。

桜坂の顔つきが変わったのを見て、

「そうだよ。例の愛人の妹が通ってる紫女学院」

中野のトーンがわずかに落ちた。

「そのとき、俺たち、その女子が篠宮に告《コク》りに来たんだろうって思ったんだよ」

「それって、どういう条件反射だ？」

「紫女子の生徒が校門で、しかもフルネームの名指しで篠宮を待ち伏せしてたんだぞ？　フツー、そう思うだろ？」

「思わねーよ」

ソッコーで否定する桜坂であった。

「おまえはそうでも、思ったんだよ、俺たち」

――な？

まるで確認を取りつけるように、中野は山下を見やる。以心伝心。ソッコーで山下はコクコクと頷いた。

「いくら頭は良くても面接でブスは容赦なく落とされるっていう定説にウソはねーな。……ってくらいには可愛《かわい》かったし」

それって、ただのくだらない妄想だろ？

——と。きっぱり切り捨てるには、桜坂はその定説《噂》自体を知らなかった。

「篠宮ってさ、そういうことにはウトいっていうか。まるでニブいっていうか。そんな感じだろ？　紫女子が私立のお嬢様学校《エスカレーター》なのも知らなかったし」

ウトくて、ニブくて、世間ズレしているのは尚人だけではないことを、桜坂は改めて自覚する。例の事件がなければ『紫』と書いて『ゆかり』と読むことすら気付かなかっただろう。興味と関心のないことにはとことん視野狭窄《きょうさく》……なのを思い知った桜坂であった。

「そういう天然入ってるから、本人は気がつかないだけでさぁ。実際、篠宮狙《ねら》いの女子って、翔南《ウチ》にも結構いるんだよな」

「……そうなのか？」

「そうだよ」

きっぱり、中野は言い切る。

「けど、おまえがいっつも篠宮にくっついてるから、みんなビビって、ほとんど声もかけられない状態？」

それを言う中野も、女子から見れば桜坂と同一視されていることには気付いていない。

人のことはあれこれよく見えても、実のところ、灯台もと暗し……である。

「それはともかく。顔つきが、マジ真剣だったんだよ」

「そうそう。俺たちオジャマ虫だから、さっさと消えてくれない？　……みたいな」

「なんか、こう……緊張しまくりなのがミエミエでさ」

「そりゃ、女から告るのって勇気いるよなぁ……とか？」

「だからさぁ。俺、ガンバってゲットしろよ――とか、ハッパかけちゃったんだよ」

近隣の男子高校生に人気のある紫女子の彼女なんて、サイコーに箔《はく》がつく。つい調子にのって、中野はそんなことまで口走ってしまった。

ついでのオマケで。翌朝、

『首尾はどうだった？』

こっそり耳打ちをすると、尚人はわずかに口元を強ばらせて、苦く笑った。

『ゴメンナサイ……ってことで』

だから。

『もったいねー。篠宮、どんだけハイレベルなんだよぉ』

冗談まじりに流した。

中野にしてみれば、ごくフツーのたわいもない男子高校生の会話にすぎなかった。そのときはまだ、篠宮家の内情などまるで知らなかったからだ。

「ぶっちゃけて言うと、篠宮的にはまるでその気がなかったみたいで。だから、その話はそれっきりで俺もすっかり忘れてたんだけど。そしたら、あんなことになっちまっただろ?」

「超特ダネ仰天スペシャル?」

中野の言わんとするところを、桜坂は正確に汲《く》み取った。

「そう。……それ」

尚人を襲い、桜坂が格闘して捕まえた暴行犯と親密な関係にある幼馴染み《ガールフレンド》。

それが、紫女学院に通っている父親の愛人の妹だった。真偽のほどは確かではないが、その彼女が何らかの理由で男をけしかけて尚人を襲わせたのではないかと。

篠宮家を不幸のどん底に突き落とした金で平然とお嬢様学校に通っていた恥知らずな妹——として、世間のバッシングを買って以来、行方《ゆくえ》をくらましている。

——らしい。

マスコミがまるで競い合うように暴露合戦を繰り広げる現状が現状であったから、様々な憶測と乱れ飛ぶ噂《うわさ》のすべてが真実であるとは中野も山下も思ってはいない。

何が嘘で。

どれが真実なのか。

そんなことは二人にもわからない。

——だが。

あの日、尚人を待ち伏せたのが紫女学院の生徒だったのは事実だ。スキャンダル雑誌もテレビのワイドショーも、そのことには一切触れてもいないが。

――しかし。

その女子高生が、父親の愛人の妹であったという確証はない。

――けれども。

あれって……。

もしかして。

やっぱり、そうなのか？

二人の頭からは、その疑念めいたものが去らなかった。だからといって、まさか尚人本人に問い質《ただ》すわけにもいかなかったが。

あんな仰天スペシャルがスッパ抜かれなければ、たぶん、中野も山下も、女子高生のことなど思い出しもしなかっただろう。だから、よけいにショックだった。

もしも、それが事実ならば、自分たちは不用意な言葉で尚人を傷つけてしまったかもしれない。それを思うと、何ともやりきれない気分になった。

そういう、ある意味、赤裸々な告白を聞かされて。桜坂は、ただ沈黙した。

抜くに抜けない喉《のど》の小骨、それが中野にも山下にもあるのだと知って。

「そんときの女子と篠宮の姉ちゃん、なんかさぁ、同じ顔してるような気がすんだよなぁ」

とどめに、中野はそんな爆弾発言までカマしてくれて。桜坂はらしくもなく、思わずゴクリと生唾《なまつば》を呑《の》み込んだ。

§§§§　§§§§　§§§§　§§§§

「話って……何？」

二人っきりになっても、なかなか話を切り出そうとしない沙也加に焦《じ》れて、尚人が先に口を開いた。

「あんた、部活やってないんでしょ？　なのに、いつも、こんなに遅いの？」

本題を切り出すには、それなりの前振りが必要なのか。沙也加は、そんなことを言い出す。

(沙也姉……いつから待ってたわけ？)

一瞬、チラリと、そんな疑問が浮かび。自分の顔など二度と見たくなかったであろう沙也加が、わざわざこんなところまで来なければならなかった理由を考え、尚人は何とも言えない気分になった。

「今日は特別、クラス委員の定例会があったから」

「……そうなんだ？」

「週イチなんだけど」

「ふーん……」

そっけない口調には、それ以上の関心は窺《うかが》えない。やはり、本番前の口慣らしだったに違いない。

「あの、一番体格のいい子が例の桜坂君？」

意味深に名指しされても、尚人に動揺はない。

世間を騒がせた連続暴行犯を捕まえた桜坂《ヒーロー》は、顔写真入りの実名で、そのプロフィールとともに大々的に報道された。尚人には何の興味も関心もなくても、沙也加が世間的一般常識としてそれを知っていても、なんら不思議はない。

もっとも。そんなものは、桜坂にとっては百害あって一利なし――だったらしいが。

「仲……いいんだ？」

「ウン」

本音で語り合える、大切な友達なのだ。もちろん、中野と山下も含めて。尚人にとっては、失いたくない貴重な存在だった。

「でも、結局、その桜坂君もあんたのせいで刺されちゃったわけだ？」

予測不能なところから、不意にグッサリと抉《えぐ》られたような気がした。

「いい迷惑よねぇ」

口調は淡々としているのに、その言葉には毒をまぶしたようなトゲがある。

条件反射のように、心臓がズクリと疼《うず》いた。

野上《のがみ》絡みの事件では、あれこれ、いろいろ、それこそ頭の芯がズクズクになるほど懊悩《おうのう》して。自分なりの結論を出して納得したはずだったが。当事者ではなく、学校関係者でもない、それこそ単なる外野にすぎない連中に中傷されるのと、明らかに含むものありありな沙也加に糾弾されるのとではまったく意味合いが違う。

その根源にあるものが何であるのか。知っているからこそ、よけいにダメージがくる。

――きらい。

――キライ。

――嫌い。

あんたなんか――大嫌い。

沙也加の目が、口調が、そう言っている。

尚人の思い違いでなければ、沙也加はそれを隠すつもりもないのだろう。五年前と同じように。

以前の尚人であれば、ネガティブなトラウマに取り込まれてまともに沙也加の顔も見返せなかったかもしれない。だが、今は違う。消えない――消せない過去《トラウマ》も、愛情と友情で上書きされることを知った。

「でも、あの子……すっごく失礼じゃない？　まるで不審者扱いよね。あたしのこと、上から目線で睨んだのよ？」

「悪気があったわけじゃないよ。ここんとこ、いろいろあったから」

尚人は力《リキ》を込めて強調する。自分は何を言われてもかまわないが、それとこれとは話が別である。桜坂のためにも、そこは譲れない一線だった。

篠宮家と翔南高校に張りついた過剰な取材合戦から尚人が解放されたのは、ここ最近だ。正確に言えば、雅紀とマスコミ陣の一触即発だった緊迫の攻防があった後だ。

『未成年である弟にマイクを突きつけて、しつこくまとわりついて追い回すような奴は、悪質極まりないクズ《クズ》も同然ですから、もちろん、平然とカメラを回してるのも同罪でしょう？　そういう無神経で非常識な変態には、今後一切容赦しませんから。それだけ、きっちり覚えておいてください』

尚人はそれをリアルタイムの放送で見聞したわけではないが、雅紀のその発言が全国ネットで流れてから、あれだけ鬱陶《うっとう》しかったマスコミ陣が一斉に尚人の前から消えた。

まるで、冗談のような話である。

真実がそうであるとは決まっていない。

誰も、そんなことは認めていない。

——ただ。現実に、マスコミ陣が撤退しただけのことで。

だから。

皆が噂するように、そう……なのだろうと。

雅紀の発言力というか、影響力というのをまざまざと見せつけられたような気がした。

「こっちも、いろいろあったのよ。聞きたい？」

尚人は一瞬、唇を噛《か》んで。そして、ゆっくりと首を振った。

暴露本のせいで、家と学校にもマスコミが押しかけてくるくらいなのだ。当然、加門《かもん》の祖父母の家にも取材目的でマスコミがやってきたに違いない。

とたん。

「どうして？」

沙也加の眉は吊り上がった。

「なんで？」

声音《トーン》は嫌悪に跳ね上がり。

「何があったのかって、聞きなさいよッ」

その目も口調も、一気に尖《とが》りきった。

それでも、尚人は臆《おく》さなかった。目を逸《そ》らさなかった。

逃げちゃダメ……なんだ。ここで気圧《けお》されたら、負け。そんな切迫感とは別口の気持ちの在処《ありか》。

激昂《げっこう》する沙也加を、尚人は静かに見返した。
「聞いても、俺には何もできないから」
それ以外の真実など、ない。
——が。
次の瞬間。
——バシッ！
沙也加の平手打ちが炸裂《さくれつ》した。
頭の芯がクラリとした。
目の裏にスパークが走った。
視界が——ブレた。
痛みと驚愕のダブルパンチで、足下が思わず揺らいだ。
ヒリヒリした。
クラクラした。
心臓がバクバクになった。
「あんたって……」
唇の端を歪《ゆが》め。
「あんたって……」

柳眉を逆立て。

「ほんと、サイテーッ」

沙也加は吐き捨てた。

そして。くるりと踵《きびす》を返すと、激怒に肩を怒らせたまま、道路を渡っていった。

§§§§　§§§§　§§§§　§§§§

ヤだ。

……ヤだッ。

…………ヤだッ！

沙也加は唇をキリキリと嚙み締める。

なんで？

どうして？

落とした視線で爪先《つまさき》を凝視し、急ぎ足で歩く。

ウソよ。

何よ。

おかしいじゃないッ。

こんなはずではなかった。

こんな幕切れなんて、まったくの予想外であった。

（…ヤだ。もう……サイテーッ！）

頭がグラグラと煮えて。

頬《ほお》はヒクヒクと引き攣り。

奥歯はギシギシ軋《きし》った。

道路脇《わき》に止めてあった軽自動車のロックを解除して、沙也加は乗り込む。憤怒にまかせてドアを閉めて、そのまま――シートで固まった。

§§§§§　§§§§§　§§§§§　§§§§§

トボトボ……と、尚人は歩く。

いったい、なんで。

——どうして?

何がなんだか、まるでわけがわからない。

いや……。自分が言った一言が、沙也加の地雷を踏んでしまったのは確実で。

(でも——なんで?)

『何があったのかって、聞きなさいよッ』

口ではそう言いながら、尖りきった双眸は尚人を拒絶していた。

その目つきには、嫌でも覚えがある。

『知ってて、黙って見てただけ……なんて。あんたって……サイテー』

母と兄の雅紀《まさき》関係を尚人が黙っていたことを、声高に責め立てたときと同じ目——だった。

『あんたが、黙って見てたから……。あんたが、止めなかったから……。あんたが、お兄ちゃんを地獄にたたき堕《お》としたのも同然じゃないッ。あんたなんて……いつか絶対、バチが当たるんだからッ』

涙まじりに糾弾《きゅうだん》されたことを、尚人は忘れていない。

いったい、何のために。沙也加はわざわざこんなところにまで来たのだろう。

今更のようにそれを思い、尚人は桜坂たちのところまで戻った。

「篠宮……大丈夫か?」

心配そうに、真っ先に桜坂がそれを口にする。

「――大丈夫」

「ンなわけ、ねーだろ」

中野が、怒りも露《あら》わに吐き捨てる。

「唇……。血ぃ、出てンじゃん」

山下に指摘されて、手の甲を押し当てる。

「あ……ホントだ」

離した甲に、血が付いていた。

ズキズキ疼くのは頬だけだと思っていたから、唇が切れているのに気付かなかった。大ボケである。

「なんだったんだ？」

探るような桜坂の目が――痛い。

「なんか……虫の居所が悪かったみたい」

嘘ではない。本当に、そうとしか言いようがなかった。

「そんなんで、いきなり平手打ちかよ？　あんまりじゃねー？」

「そうだよ。篠宮の姉ちゃんじゃなかったら、ソッコーで飛び出してたとこ」

中野も山下も、まるで我が事のように憤慨している。

そうやって真剣に心配されているのがわかるから、ちょっとだけ……脇腹がくすぐったい。

殴られた頬は痛むが、口の端がわずかに綻《ほころ》びる。だから。

「ホントに大丈夫だよ」

重ねて、その言葉を口にせずにはいられなかった。

自分は独りじゃない。それを知っているから……。

§§§§§　§§§§§§　§§§§§　§§§§§

グラグラ煮えたぎった頭の芯がようやく冷めて、沙也加はひとつ大きなため息をついた。

こんなはずじゃ——なかった。

(殴っちゃった)

後味が悪い。どうにもこうにも、すごく……悪い。

たとえ、どんな理由があろうと、先に手を出した方が負けなのだ。

自分は悪くない。声を大にして、きっぱり、しっかり自分を正当化できない状況は最悪だ。

こんなはずではなかった。

なのに、思わず手が出てしまった。

——なぜ？
それは、あの日の雅紀と同じことを言われたからだ。
『そんなこと、意味ないだろ』
雅紀はそう言って、沙也加を平然と排除した。視界の中から異物を捨て去るように。
沙也加はただ、聞いてほしかっただけなのに。
『おまえとは無関係だから』
ザックリと——切り捨てにされた。
心が、微塵に砕けた。
痛くて。
痛くて。
——痛くて。
その傷跡は癒《い》えない。いまだにジクジクと膿《う》んだままだ。
そこに、尚人は無神経に塩をすり込んだ。
『聞いても、俺には何もできないから』
言い方は違う。
声のトーンも違う。
——だが。同じだった。

兄《雅紀》と弟《尚人》に、同じように拒絶された。

……ショックだった。

その瞬間、視界が真っ赤に爛《ただ》れたような気がした。

なぜ？

どうして？

時も、場所も、状況すら違うのに。

なのに。

——どうして。

自分だけが、同じように排除されなければならないのだろう。

そんなのは、おかしい。こんなのは——イヤだ。

悔しい。

腹立たしい。

——忌々《いまいま》しい。

そんなふうにイジイジとした自分が惨《みじ》めで、みっともない。

沙也加が翔南高校までやってきた意味。わざわざ尚人を訪ねてきた、事情。そこに、大した理由付けはない。

ない——と、思っていた。

沙也加はただ、見て、自分の目で確かめて納得したかった。

——何を？

無神経なマスコミに押しかけられてノイローゼ寸前になっているのは自分だけではない——ということをだ。

加門の家にも、大学にも、マスコミが張りついている。取材と称して、ひっきりなしに電話が鳴り、インターフォンが押される。すべて、慶輔《けいすけ》が出した暴露本についてのコメントを求めてだ。

そんなものは、自分にはまったく関係ない。

あの男が篠宮の家を出ていった瞬間から、赤の他人だ。

なのに。今更、どうして、あんな奴のために平穏な日々が脅《おびや》かされるのだ？

そんなことは、間違っているッ。

しつこく、付きまとわれて。追い回されて。うんざりするのを通り越して、ただもう猛烈に腹が立った。その無神経な非常識を論《あげつら》って、怒鳴って、ヒステリックに喚《わめ》き散らせば、あるいは、一時的にはスッキリするのかもしれない。

それでも、ひたすら我慢して黙殺してきたのは、他人の不幸に群がって好き勝手に盛り上がるバカな連中を相手にしてもしょうがない。そう思ったからだ。

何か言えば、その揚げ足を取って更に突っ込まれるに決まっている。

何を言われても無視するのが一番。そんなことは、わかりきっていた。

――はずだった。

しかし。突きつけられるマイクやICレコーダーは、沙也加の日常の平穏を脅かす凶器と何ら変わらなかった。

理性と自制で、憤激をねじ伏せる。それがどれだけ神経をすり減らし、心を食い荒らすか。

誰もわかってくれない。

平気な振りをして、気丈に振る舞う。大丈夫――だと、無理やり笑顔を作る。

そんなわけ……ない。

大丈夫なわけ、ないッ！

だから。沙也加は確かめたかったのだった。そういう、辛《つら》くしんどい思いをしているのは自分だけではないことを。

この五年間、家から一歩も出たことがない裕太《ゆうた》は端から問題外だった。

誰とも会わないのだから、誰にも何も言われないのだから。甘ったれで自己中な殻に閉じこもったままの世界から、一歩も外には出ていないのだから。

――いや。母の死に隠された重大な秘密を共有しない、言わば共犯者として何の価値もない裕太は、はっきり言ってどうでもよかった。

沙也加は、ちゃんと自分の目で見て納得したかったのだ。沙也加ひとりにひどい疎外感を味わわせている尚人も、自分と同じ苦痛を味わっていることを。

それを確かめずにはいられなかったのだ。

しつこく報道陣にまとわりつかれて、四苦八苦しているだろう尚人の苦渋に歪んだ顔を見ることで、少しは溜飲《りゅういん》が下がる。条件は同じなのだから、自分だけが損をしているのではないと実感したかったのだ。

そんなことでしか孤独を癒せない自分は――歪んでいる。

知っている。

わかっている。

だから、今の自分はこんなにも惨めでみっともないのだと。

いっそ赤の他人なら、こんなにも悲惨な気分にはならなかったに違いない。

あの日。病院で、偶然に垣間見《かいまみ》た尚人が、あんなにも無垢《むく》でなければ……。ここまで嫉妬《しっと》にかられることもなかった。

――かもしれない。

けれど。

下校時を見計らって、翔南高校までやってきたとき、校門に張りついているはずのマスコミはどこにもいなかった。

一瞬、呆気《あっけ》に取られ。

次いで、何とも形容しがたい怒りが込み上げてきた。

(ウソよ)

なんで?

どうして?

(こんなの——不公平じゃないッ)

そう思うと、視界にノイズが走った。

ジャーナリストにも、ピンからキリまでいる。

報道者であることに信念と誇りを持つ者と、持たない者。正統と低俗。硬派と軟派。

最低最悪なのは、商業主義と視聴率主義に走って人のプライバシーを根こそぎ暴き立てる連中だと、沙也加は確信している。

あることないこと、故意に垂れ流しにする卑劣漢《マスコミ》には虫酸《むしず》が走った。

そんな、タチの悪いハイエナもどきが、沙也加にしつこくまとわりついても尚人には蟻《あり》一匹たからない——理由。

(……お兄ちゃん)

インターネットの動画サイトで繰り返し観たあの光景を、沙也加は思い浮かべた。

未成年の弟《尚人》にしつこくまとわりついて追い回す奴は、悪質な『クズ』も同然。そんなクズは容赦しないと、雅紀は辛辣《しんらつ》に切って捨てた。

最強な守護天使《ガーディアン・エンジェル》の発言には、ずっしりと重みがあった。しかも、その影響力は絶大だった。

雅紀の逆鱗《げきりん》に触れた記者は、『クズ野郎』の第一号という不名誉なレッテルを貼《は》られ、まるで公開晒《さら》し首のように顔写真と実名がネットに流された。それがただのネット炎上だけではなく、現実社会でもリアルにバッシングされた。

いみじくも、雅紀が言ったように。自分の発言が全国ネットで垂れ流しになる覚悟と責任を突きつけられて。

普段、狙った獲物《ターゲット》をロックオンして追い回す側から追い回される立場になって、日常がいきなりひっくり返った気分はどうだろう。誰もが雅紀のように強くあれるわけではないことを、嫌というほど思い知ったに違いない。

その記者がどうなったのか、沙也加は知らない。興味本位のろくでもない噂の類《たぐい》ならば、ネット上に幾つも転がっているが。

翔南高校に張りついていたはずのマスコミがまるで嘘のようにごっそり引いてしまった現状には、おそらく、クズ野郎のレッテルを貼られてネット上の公開処刑のターゲットになりたくないという危機感——という打算とあからさまな保身に走ったからだろう。

裏を返せば、そういう信念の欠片《かけら》もないへっぴり腰こそが、真のジャーナリストとは呼べないレベルの低さを露呈しているといっても過言ではないだろう。

しかし。それはあくまで高校生である尚人に限定される特別な救済法であって、大学生の沙也加は除外されるのは明白であった。

なにより、雅紀はことさらに『弟』を強調はしても『妹』の存在には一切触れなかった。

故意か？

無自覚か？

それとも、無責任か？

たぶん。雅紀の中では、それ以前の問題なのだ。沙也加は、すでに切り捨てられた存在だからだ。

それがどんなにキリキリと心を抉っても、その事実は揺るがない。

マスコミの出方にも露骨な差別化を感じる。それは、決して沙也加だけの穿《うが》った見方ではないはずだ。

尚人が聖域化されたのであれば、その皺《しわ》寄《よ》せは――矛先は必然的に沙也加に向く。沙也加だけではなく、加門へも、堂森《どうもり》の篠宮の実家へも。

だが。雅紀はあれ以来、まったくの沈黙状態で取りつく島さえなかった。

弟たちへのフォローは完璧なのに、切り捨てた者に対しては何の斟酌《しんしゃく》もない。それは、酷なほどの徹底ぶりだった。ある意味、慶輔のそれに酷似して。

こんなのは不公平。

いや——理不尽。

同じ姉弟なのに、ひどい差別だ。

車の中でそんなことを考えながら、沙也加はひたすら校門を凝視したのだった。

尚人はなかなか出てこなかった。

もしも、病院での尚人を見ていなかったら、見逃してしまうのではないかと不安になったかもしれない。中学一年生と高校二年生では、成長期という大きなギャップがある。五年ぶりの尚人を見てしまったあとでは、それもただの杞憂《きゆう》にすぎなかったが。

苛々《いらいら》と。

頑《かたく》なまでに。

悶々《もんもん》と。

意固地なまでに。

沙也加は尚人が出てくるのを待った。

どうして——そこまで？

これではまるで、変質者《ストーカー》である。

思わず、自虐《じぎゃく》めいた苦いものが込み上げた。

だが。ここまで来て、何もしないでは帰れない。

——帰りたくない。

けれど。そうまでして、いったい自分が何をどうしたいのか……。わからなかった。

ただ、わけのわからない衝動だけが、沙也加をそこに繋《つな》ぎ止めていた。

そして。下校時間も大幅に過ぎてあらかた人気がなくなって、ただ苛々と待ち続けて——ようやく、尚人が出てきた。友人たちと、暢気《のんき》に談笑しながら……。

屈託のない——笑顔。

それを見た、瞬間。頭の隅のどこかが、ピシッと音を立ててヒビ割れたような気がした。

ありえないッ。

——アリエナイ。

(どうして、あんたは、そんな顔していられるのよッ)

自分は、こんなに辛くて痛くて苦しい思いをしているのに。

なのに、どうしてッ!

友人と暢気に談笑している尚人が、ひどく憎たらしくてたまらなかった。

そうして。次の瞬間にはもう、車を飛び出していたのだった。

そして——今。

沙也加はひどく後味の悪い思いを噛み締めながら、車中にいる。

尚人を平手打ちにした感触の残る右手を、じっと凝視する。

(本当にもう……サイアク)

ひとつ大きく深呼吸して、どんよりと窓の外を見やる。

通学路を兼ねた道路を一本挟んだ向かい側を。

そこには、沙也加と別れて校門前に戻った尚人が友人たちといた。友人たちの声はもちろん聞こえないが、ひどく憤慨しているのはわかる。

きっと、なぜ殴られたのかを問い詰められているに違いない。

何を、どう、言い訳しているのだろう。それを思って、ギリと唇を噛み締める。

と――そのとき。

なぜか。いきなりこちらを振り向いた桜坂と、ドンピシャなタイミングで目が合った。

(なに、よッ？)

強い視線だった。尚人を平手打ちしたことを非難しているのが丸わかり。

イライラした。

(あんたに、そんな目であたしを睨む権利なんかないんだからッ！)

内心、沙也加は声を荒げる。

何も知らないくせに。

そんな蔑《さげす》むような目で、見ないでッ！

双眸に険を込めて、沙也加は睨み返した。

ムカつくッ。

——ムカつくッ！

まるで、大事な者を守護するかのように沙也加を威嚇《いかく》する桜坂に、なぜか、雅紀が重なる。

その瞬間、うぶ毛の先までそそけ立った。

いや。

……イヤッ。

…………嫌ッ！

沙也加はまとわりつく嫌悪感を振り捨てるようにキーを回し、勢いよくアクセルを踏んだ。

一刻も早く、この場を立ち去りたいという衝動に駆られて。

《＊＊＊メンタリティー＊＊＊》

浮気？

違う、本気。

不倫？

違う。ただ出会うのが遅すぎただけの真実の恋だと思っている。

くたびれた中年の男が本気でそんなことを言っても、世間の笑いモノになるのはわかっているが……。

ようやく、自分のすべてをさらけ出せる相手に巡り合えたと思った。

§§§§　§§§§§　§§§§§　§§§§§

マズイな。
ヤバイな。
――どうしよう。
自転車で帰宅途中。家が近付くにつれ、尚人《なおと》は途方に暮れる。
(なんて言おう)
喧嘩《けんか》？
――誰と？
なんか、とんでもなく嘘臭い気がする。
裕太《ゆうた》にまで『鈍くさい』と言われる自分の非力さは、この間、痛感したはずだ。
いや。
いや……。
やっぱり、それはないな。
(ウソで墓穴を掘るのは、サイアクだろ)
以前の裕太だったら、尚人が何をしても無関心だったが。今は違う。
(テキトーにごまかされてはくれないよな？)
唇――切れてるし。
きっと、手形もバッチリ残っていそう……。

さすがに、これではごまかしきる自信もない。

（あー……どうしよう）

今頃になって、よけいに頬《ほお》がズキズキしだした。

沙也加《さやか》に平手打ちを喰《く》ったことよりも、裕太になんて言い訳しようか。それを考える方が気が滅入る。

やっぱり、本当のことを言うしかないのか。

それはそれで、気が重い。

（まーちゃんがいないだけマシ？）

――いや。裕太にバレた時点で、雅紀《まさき》には筒抜けだろう。

というより、雅紀には隠し事などできない。嘘も隠し事もしない。雅紀と、そう約束したからだ。

『おまえが怪我《けが》をすると、俺も痛い』

不意に、雅紀の言葉が甦《よみがえ》る。

『おまえが俺の知らないところで怪我なんかするのが、一番怖い』

だから、嘘も隠し事もするなと。

なんの偽りもない。

どこにも秘密はない。

自分の心のすべてを預けられる――安堵《あんど》感。それは、絶対的な信頼でしか得られない特権のようなものだ。

以前ならば、そんなことは考えられなかった。

だが。この半年間で、周囲の状況も尚人の心情も一変してしまった。

それも。ただ変わったのではなく、様々なことが連鎖してキリモミ状態の果ての急転直下に近い。

誰かに必要とされているという自覚で得られる充足感。

自分は決して独りではないという、安堵感。

そして。確かに愛されているのだという――至福感。

それらの前では、兄弟相姦《そうかん》という禁忌《きんき》も畏《おそ》れも罪の意識も相殺された。

今が幸せなら、何をやっても許される。そんな能天気なことは思っていないが。不幸のドツボに嵌《はま》って抜け出せない過去が清算できないのなら、物事の視点を変えてみる必要悪があってもいいのではないだろうかと。

身勝手な言い訳だろうか。

雅紀との関係がバレてしまえば、自分たちはモラルとタブーを踏みにじった大罪人としてバッシングされ、世間の爪弾《つまはじ》きにされるだろうが。再び雅紀を喪《うしな》ってしまう恐怖に比べれば、今更、そんなことは大したことではなかった。

本当にいるかどうかもわからない『神』の倫理に縛られて、『人』としてのあるべき道を選ぶことで今ある幸福が失われてしまうのなら、モラルとタブーの道を踏み外したままの人生を往《ゆ》く。それでもいいのではないかと思っている。

たとえ、その先にあるのがなんであれ、雅紀と二人なら——怖くはない。

そんなふうに思っている自分は、おかしいのかもしれない。

否定はしない。しても、意味がないから。

背徳は、毒があるから甘いのだと思っていた。独占欲というのはいびつな執着で、身も心も呪縛《じゅばく》されてしまうことは苦痛と後悔しかもたらさないと。

自分の都合がいいだけの甘い夢は、二度と、決して見ない。そう思っていたのに。

『好きだ』

雅紀が囁《ささや》いたその一言で、すべてが変わった。

暗闇《くらやみ》の中で見えた一筋の光明。そこには、なんの嘘も誇張もなかった。

『おまえは、俺のモノだから』

独占されることの喜び。

『誰にもやらない』

執着されることは、息苦しさよりも唯一の安寧をもたらした。

今更、手放せない。

——喪えない。

『だから、おまえはもっと寄りかかってこい』

絶対的な言葉の重みがある。信頼がある。それは、何物にも代え難いことであった。

だから。何があっても、雅紀には隠し事をしない。そう決めたのだ。

(んー……。取りあえずは、裕太だよな)

クリアしなければならない、難関である。それを思って、尚人は自転車を止めた。

§§§§　§§§§　§§§§　§§§§

玄関の電子錠を解除して。

「ただいまぁ……」

その声とともにダイニング・キッチンに入ってきた尚人を見て。一瞬、裕太は見事に固まった。唖然《あぜん》と双眸《そうぼう》を見開いたまま……。

なぜなら。尚人の左頬には、くっきりと手形が残っていたからだ。

(——マジ?)

どこからどう見ても、それは手形にしか見えない。そんなものが、いったい、どうして付いているのだろう。

(学校で、なんかあったってことだよな?)

くっきり、しっかり、マジマジと凝視して。

「なに?　それ」

吐き出す。つい詰問口調になるのは、条件反射のようなものだ。

「別に、喧嘩とかじゃないから」

先手を打つように、尚人が言う。

知っている。

——というより、尚人が誰かと喧嘩する様など想像できない。

細い。

薄い。

鈍くさい。

どこからどう見ても、誰かと喧嘩するほどの根性がない。

——のではなく。裕太が覚えている限り、尚人が誰かを相手に唾《つば》を飛ばして口喧嘩をしているところさえ見たことがなかった。

よく言えば、聞き上手。

悪く言えば、事なかれ主義？

唯一の例外といえば、それは裕太であり沙也加であった。それだって、一方的にまくし立てるのは常に裕太か沙也加であり、尚人は滅多に反撃してくることもなかった。

張り合いがない。

つまらない。

バカくさい。

ノッてもこない相手に自分ひとりが熱くなるのもアホらしくなって、そのうち自己完結してしまうのだ。

過去――唯一、尚人が怒ったのを見たのは。あれは……まだ小学生だった頃。尚人の誕生日のケーキに立ててあった年齢の分だけのロウソクの火を、尚人が吹き消す前に裕太が一気に全部吹き消したとき。

そのとき。尚人は、珍しくブチギレ状態だった。

『ゆうぅぅたぁぁッ』

顔を真っ赤にして、声を荒げ、椅子《いす》を蹴倒《けたお》さんばかりの形相にマジでビビッた。

たかがケーキのロウソクを吹き消したくらいで、そんなに怒らなくても……。それは裕太の身勝手な言い分であって、尚人には格別の思い入れがあったのかもしれない。

結局、その場は、雅紀が怒れる大魔神になった尚人を宥《なだ》めてくれたのだが……。そのとき、

裕太はちゃっかり父親の膝《ひざ》に座って尚人の怒りの矛先をやり過ごしたことを思い出し、何とも言えない不快な気分になった。

そう言うわけで。頬にくっきり手形を付けて帰ってくる状況が、まったく見えなかった。

「んじゃ、なに?」

尚人が制服を脱いでしまう前に、裕太は畳みかける。

「取りあえず、先にご飯の仕度していい?」

問題を先送りにしてごまかそうとしても、そうはさせない。

——とか思う時点で、すでに終わっている気がする。

「メシなんか、あとでいい。それより、ちゃんと先に説明しろよ」

手形の理由を聞かないうちは晩飯も喉《のど》を通らない。本気でそれを思う裕太であった。

自分でも大した心境の変化だと思う。今更、なんでだろう……なんて、自問自答する気もないが。

「え……と。実は、学校に沙也姉が来て……」

思いがけないというより、まったく予想外の名前を持ち出されて。驚くより前に、裕太の眉《み》間《けん》にくっきりと縦皺《たてじわ》が寄った。

「なんで、お姉ちゃん?」

「わかんないけど……」

「それって、変だろ？」

絶対に――おかしい。それだけは、声を大にして言える。

どうして、沙也加が翔南《しょうなん》高校に行くのか？

(ナオちゃんに会いに？)

――ウソだろ。

(なんで、わざわざ？)

――あり得ない。

そうはっきり断言できるくらいには、裕太も沙也加の性格を知り尽くしている。

沙也加のプライドは山よりも高い。たとえ間違っているとわかっていても、自分からは絶対に折れない。すべらかに、なめらかに、まるで機関銃のようにバシバシ口撃《こうげき》されて丸め込まれた覚えならば、腐るほどある。

雅紀が語ったことが事実ならば――それ以外の何ものでもないだろうが。だからこそ、沙也加は絶対に尚人を許さないだろう。

もしかしなくても、筋金入りの超ブラコンである沙也加は尚人に成り代わりたかったに違いないのだから。

雅紀のために家を守り、雅紀の笑顔を独り占めにする――至福。そんなものは、ただの幻想にすぎないが。思い出をことさら美化して固執するのは、ただの代償行為というより、トラウマを癒《いや》すための必要悪かもしれない。

もしも……。

そうだったら……。

——かもしれない。

そんな言葉に囚《とら》われている限り、自分と向き合うことなどできない。

裕太自身がそうだったのだから、間違いない。それだけは、確信をもって言える。

沙也加が何の意味もなく、何の理由もなく自分からわざわざ翔南に出向いてまで尚人に会いに行くはずがない。

(……なんのために?)

じっとりと眉《まゆ》が寄る。

「お姉ちゃん、なんだって?」

沙也加が尚人に会いに行く、理由。そんなものがあるなら、裕太だって知りたい。

「だから、それを聞く前に、いきなりバチーンって、やられちゃったんだよ」

「はぁぁ?」

裕太はおもいっきり声を荒げた。

「それやったの、お姉ちゃん?」

信じられない——のではなく、ある意味、いかにもありがちな展開に思えて。

「なんかわかんないけど、俺、沙也姉の地雷踏んじゃったみたい」

——違う。

沙也加にとって、尚人の存在自体が地雷原なのだ。

裕太が何の疑問もなくそれを思うくらいなのだから、もちろん、雅紀も承知の上だろう。

『沙也加はずっとあんなふうだから、俺には重すぎる』

それが、雅紀の本音なのだ。

子どもの頃から、裕太の目から見ても、沙也加の『雅紀至上主義』は度が過ぎていた。お兄ちゃん大好き——のレベルではなかったからだ。

雅紀にカノジョができたら、どうする？

——どうなる？

それは、我が家では禁句だった。恐ろしく怖い目で沙也加が睨《にら》むからだ。

もしカノジョができても、雅紀は絶対に家には連れてこないに違いない。そう思った。

母親との関係がバレたとき、雅紀は、

『俺が沙也加に何も弁解しなかったのは、そういうことを、一から十までクドクド説明するのが面倒くさかったからだよ』

そんなふうに言ったが。もしかしたら、情の濃すぎる沙也加を切り離すためのチャンス——きっかけにしたかったのではないだろうか。

裏読みしすぎ?

――そうは思えない。

『沙也加は女だから。女として、生理的にどうしても許せないことがあるんだよ』

ひたすら淡々と語る雅紀は、沙也加という重みがなくなって、いっそ清々しているようにさえ見えた。

雅紀自身が尚人以外には欲情しないと、きっぱり断言しているのだ。さすがに沙也加も、雅紀が尚人を抱いている事実は知らないだろうが。

『お兄ちゃんは、尚さえいればいいんだもの。あんたが篠宮《しのみや》の家にしがみついていたって、この先、なんにもいいことなんてないんだから』

そう言いきってしまうくらいには、含むものが大ありなのだ。

「ンで? 結局、お姉ちゃんは何をしに来たわけ?」

「だから、それがわかんないんだって。あんたサイテー…って、捨《す》て台詞《ぜりふ》叩《たた》きつけて帰って行ったから」

(……サイアク)

まるで、その様《シーン》が見えるようである。

なのに。なんの理由もわからず、その意図も見えない。

これでは、まるで尚人ひとりが殴られ損である。

（まさか……それが目的ってことはないよな？）

するとし。

「俺……沙也姉と会うのは五年ぶりだったんだけど。なんか……ぜんぜん変わってなかった」

尚人はボソリと漏《も》らした。

「相変わらず、キッツイ性格してたんだろ？」

人のことを言えた義理ではないが。

それでも。さすがに、尚人を殴ったりはできない。

そんなことをしたら、雅紀にどういう目で見られることか……。想像しただけで、背中に悪寒が走る。

（お姉ちゃん、雅紀にーちゃんの本性知らなさすぎ）

その点だけは、沙也加に同情する。裕太だってそれを知ったのはここ最近であるから、あまり偉そうなことは言えないが。

「沙也姉の中じゃ、たぶん、まだ何も終わってないんだろうなって」

一瞬、ドキリとした。尚人の口調があまりにも静かすぎて。

「俺には雅紀兄さんがいて、裕太がいて、それこそいろいろあって……。でも、どんなにキツイことでも最後はちゃんと、きちんと自分に向き合えたけど。きっと、沙也姉の時間はお母さんが死んだときのまま止まってるんじゃないかなぁ」

どんな悲しみも、苦しみも、痛みも、すべて時間が癒してくれる。

そんなのは、ただの嘘っぱちだ。

人の心は、そんなに都合よくできてはいない。

どれほど時間が過ぎても、癒えない疵《きず》がある。

裕太も尚人も、それを嫌と言うほど知っている。

家族が崩壊してしまったという事実は等分であっても、その傷の深さと痛みの度合いは同じではない。

裕太には、裕太の。尚人には、尚人なりの。そして、沙也加には沙也加にしかわからない痛みがある。もちろん、雅紀には雅紀の。

見えない痛みは、決して同一ではない。

けれども。その疵の痛みと向き合うことはできる。

だから、今の自分たちがある。

この五年間、裕太は電話越しにしか沙也加と接点を持ったことがない。それも、たったの二回だけ。受話機というフィルターを通せば、生《ナマ》の感情はある程度遮断《しゃだん》される。

母親が死んだときのまま、沙也加の時間は止まってしまっている。

五年ぶりに沙也加と再会して、生の感情に触れた尚人がそう感じているのなら、たぶん——そうなのかもしれない。それを思って、裕太はしんなりと眉をひそめた。

§§§§§　§§§§§　§§§§§　§§§§§

いつもよりはすっかり遅めになってしまった夕食を食べ終え、自分の分の食器をキッチンに持っていって、裕太はすぐに自室にこもった。

そして。ためらいもなく、コードレス電話を手に取った。どうしても、沙也加の真意が知りたかったからだ。

いったい——なぜ？

翔南高校に行ったのか。

言いたいことがあれば、電話で済む。それなのに、なぜ。どうして、わざわざ出向く必要があったのか。

——なんのために？

篠宮の家が沙也加にとって鬼門らしいのは、わかっている。

沙也加にとって、ここが不浄だからだ。母親と雅紀がセックスで穢《けが》した。

だから。沙也加は絶対に寄りつこうともしないのだ。

かといって、わざわざ尚人に会いに行く意味がわからない。沙也加にとって、ある種の天敵であるはずだからだ。

どうして、尚人を殴ったのか。

その理由が知りたい。

殴っただけで、来た理由も告げずにさっさと帰ったのは——なぜだ?

沙也加の言動が突飛すぎて、真意が理解できない。

尚人は、沙也加の地雷を踏んでしまったから、自分に会いに来た理由も真意もあえて知りたいとは思わないのかもしれないが、裕太は違う。ひとりだけ蚊帳《かや》の外に弾《はじ》かれるのは、もう二度と嫌なのだ。

何も知らないで後悔するより、知りたくない事実を知って傷つくほうがいい。そうすれば、きちんと自分に向き合えるような気がするからだ。

しかし。加門《かもん》の家に電話をしても、一度も繋《つな》がらなかった。まだ午後の九時を過ぎたばかりだ。寝るには早すぎるだろう。コール音も、いつもと違うような気がした。

(なんで、誰も出ないわけ?)

いきなり音信不通になってしまうと、それはそれで気になる。沙也加の件とは別口で。

(しょうがない。雅紀にーちゃんに聞くかぁ)

だから、加門と電話が繋がらない理由をだ。雅紀なら、何かを知っているかもしれない。

雅紀の携帯電話は短縮で登録してあるから、一発で繫がる。もしも仕事中であれば、伝言を残しておけば折り返しかかってくるはずだ。

コール音が五回鳴って、雅紀が出た。

『ハイ。雅紀です』

妙に気取った声がする。もしかしたら、周りに誰かがいるのかもしれない。

「おれだけど」

『裕太？　なんだ、どうした？』

少なからず、驚きが透けて見える。たぶん、相手が尚人だと思っていたのだろう。

裕太は自分からは電話をかけない。雅紀はそれをよく知っていた。

「加門のじいちゃん家《ち》、何回電話しても繫がらないんだけど」

束《つか》の間《ま》の沈黙。

『加門に、何の用だ？』

「お姉ちゃんに、聞きたいことがあるんだよ」

『――沙也加に？　何を？』

雅紀にしてみれば、いきなり疑問符だらけの展開だろう。

「なんでわざわざ翔南高校までナオちゃんに会いに行ったのか、知りたいからだよ」

一瞬、受話機の向こうで雅紀が息を呑《の》んだ。

『沙也加が、ナオに？』

明らかに、トーンが一段下がる。

冷静沈着を通り越して無表情の権化――とか言われている雅紀だが。尚人のことになると、感情がダダ漏れである。

『どういうことだ？』

「さっき、ナオちゃんが帰ってきたんだけど。学校でお姉ちゃんに平手打ちを食ったらしい」

どうせバレることなので、裕太はいっそ早々と開き直る。

雅紀は、完璧《かんぺき》に沈黙した。

――なんで？

――どうして？

きっと、頭の中ではその言葉が乱反射しているに違いない。

「だから、その理由、直《チョク》で聞いておこうと思って。ナオちゃんに聞いても、わけわかんないって言ってるし。そしたら、やっぱ、おれの出番だろ？」

雅紀が沈黙している間に、言いたいことはみんな言ってしまう。

『ナオは？　そこにいるのか？』

「いない。おれ、今、二階だから」

再びの沈黙。

「雅紀にーちゃん。ソッコーでナオちゃんに電話なんかするなよ？」

ついでのオマケで釘《くぎ》を刺す。

「どうせ、明日帰ってくるんだろ？　なら、それからじっくり話すれば？　ナオちゃんだって、気持ちの整理が必要なんじゃねー？」

ことさらに、尚人がショックを受けているというわけではなさそうだが。手形も生々しい状態で雅紀に真剣に問い質《ただ》されたら、やはりプレッシャーだろう。

「ところでさ。雅紀にーちゃん、お姉ちゃんの携帯ナンバー知ってる？」

『知らない』

先ほどまでの口調が嘘のような即答である。

（雅紀にーちゃん。マジでお姉ちゃんにはなんの関心もねーんだな）

完璧すぎて、笑えない。茶化しもできない。雅紀相手に、そんなことをする気にもなれないが。どうせ、素で『それが、どうした？』とか言うに決まっているし。

「そっかぁ……。なら、しょうがねーな。つーか、雅紀にーちゃん、勝手にお姉ちゃんに電話なんかするなよ？」

『どうして？』

「だって。そしたらお姉ちゃん、ナオちゃんがチクったと思って、ますます頭に来るんじゃねーの？　そのトバッチリ喰《く》うの、ナオちゃんじゃん」

それだけは、間違いない。自分がやるのと雅紀がそれをやるのとでは、たぶん、天と地ほどの差があると信じて疑わない裕太であった。

『——わかった。取りあえず、どうするかは、明日帰ってから決める』

「うん。じゃあね」

言いたいことはみんな言ってしまったので、さっさと電話を切る。

裕太自身、それで満足したと言うより、なんか……すっかり気が削がれてしまった。

§§§　　§§§　　§§§　　§§§

携帯電話をオフにして、雅紀はひとつ深々とため息をついた。

「何？　どうした？　どデカイため息だな」

茶化し半分、加々美蓮司《かがみれんじ》がお猪口《ちょこ》をクイと呷《あお》る。

なにげにデジャヴ？

それを思って、雅紀はわずかに目を眇《すが》めた。

ここは、加々美が常連の和食店『真砂《まさご》』である。

このところ、時間さえ合えば、こうやって加々美と食事をすることが多くなった。それがまったく苦にはならない雅紀であったが。

「家からだったんだろ？」

「はい」

食事中に携帯に出るのも不粋だとわかっていたが、着信が篠宮家の番号だったので気になって。取りあえず、加々美に一言断ってから出たのだ。それも、ここが他に人の出入りしない個室であればこそ、だったが。

「何か、急用だったんじゃないのか？」

「――いえ。特に、そう言うわけでも……」

「に、しちゃあ、気になってしょうがないって顔だけど？」

(読まれてるよなぁ)

雅紀は、つい苦笑を漏らす。日頃の鉄壁のポーカーフェイスも、加々美とのプライベートではそれもポロポロ剝《は》がれ落ちる。

「下の弟からだったんですが。どうやら、母の実家と連絡がつかなくなってしまったようで」

嘘ではない。

気になってしょうがないのは沙也加と尚人のことだが、それをこの場で口にする気にはなれなかった。たとえ、相手が加々美であってもだ。

「いいのか？」

「明日でも済むことですから」

「そうなのか？」

「たぶん、電話の電源を抜いているだけだと思うので」

読みは外れてはいないはずだ。

「それって、やっぱり、例の暴露本絡み……なんだよな？」

加々美にもすぐにそれと知れるほどには、世の中は騒々しく、あれこれと盛り上がっているらしい。

雅紀が目で頷《うなず》くと、加々美はどんよりとため息をついた。

「無節操なハイエナもどきを相手にするには、そりゃ、年寄りにはキツイよなぁ」

暴露本が出版されてから、当然のことのように加門への取材攻勢は止まらない。いや、非常識なマスコミだけではなく、悪質なイタズラ電話も……らしい。

世の中には、本当に暇を持て余したバカでクソな連中が多いことを、祖父母は嫌というほど痛感したことだろう。

前回のスキャンダル騒ぎのときには、取材のターゲットはあくまで雅紀に絞られていたので加門にまであからさまな被害が及ぶことはなかったが。今回は、違う。慶輔《けいすけ》の暴露本には、どうしても離婚に応じようとしなかった亡母のことも相当に突っ込んだことまで赤裸々に語っている——らしい。

【どうすればいいのか？】

【なんとかならないだろうか？】

一時、加門の祖父母から毎日のように雅紀の携帯に泣き言の伝言が入っていた。篠宮の家にかけても無駄だと知っていたからだろう。

最初のうちは、

【相手にするな】

【電話は留守電モードにして、相手を確認してから出ろ】

律儀に対応していたのだが。そのたびに延々の愚痴《ぐち》と慶輔への恨み辛《つら》みの捌《は》け口《ぐち》にされて、さすがの雅紀もうんざりしてしまった。

そういう諸々のことを見越した上での忠告のつもりで、雅紀はあの日、加門の家に足を運んだのだ。

何をどうすればダメージが軽減するのか。雅紀にばかり頼る前に、少しは自分の頭で考えてほしい。相談する相手ならば、若輩者の孫よりも頼りになる大人……我が息子たちがいるだろう。

ブチまけて言ってしまえば。雅紀は自分のテリトリーの安全確認をするだけで手一杯で、圏外のことまでいちいち構っている暇も余裕もない。だから、そっちはそっちで勝手に何とかしてくれ。そういうことである。

それが『切り捨て』にするということなら、雅紀的にはそれで何の不都合もなかった。足枷《あしかせ》にしかならないしがらみならば——いらない。本気で、それを思う。

雅紀の価値観の優先順位は揺らがない。そこに、祖父母への余分なフォローは入っていなかった。

基本的に、それは自分の役目ではないからだ。

なのに、過剰に期待されても困る。

それが、正直な気持ちだった。

「俺にも、できることとできないことがあるので」

ついでのオマケでもうひとつ付け加えるならば、『やりたくないこと』もだ。

「まぁ、しょうがない。坂道を登るときには、背中の荷物は軽いほうがいいに決まってるし。よけいな物までオンブにダッコじゃ、誰だって息切れしてしまうからな」

雅紀が加々美と時間を作ってまで食事をしたいと思うのは、ごく自然に、的確に心情を汲《く》み取ってくれるからだ。何を取り繕う必要もないほどに。

「義理と人情であっちにもこっちにもいい顔して潰《つぶ》れるくらいなら、最初からきっちり一線を引いておく。それが一番だろ。たとえ薄情者呼ばわりされてもな」

しかも。さりげなく貴重なアドバイスをくれる。そんな存在は他にはない。

「おまえには護りたい者があって、喪えないモノもある。それだけわかっていればいいんじゃないか？」

尚人に対しては、常にパーフェクトな大人でありたいと思う。喪えない存在だからだ。そのためには、どんな外敵からもしっかりガードしたい。たとえ、それが、傍目《はため》には兄バカにしか見えないのだとしても。

けれど。加々美には変に突っ張る必要性を感じない。無駄にバリアを張り巡らせることも。自分が真に自分でいられる居心地良さ。尚人と加々美にはそれを感じる。まったく真逆の意味で。

「あー、そういえば。『ミズガルズ』のPV第二弾のオファーが正式に決まりました」

せっかくの加々美との貴重な時間をくだらない暴露本絡みの話で潰してしまいたくなくて、雅紀はさっくりと話題を変えた。

「ほぉ、そうか。そりゃ、よかったな」

皮肉でもお世辞でもなく、加々美が本音で言っているのがわかる。

「加々美さんとこの駄犬の出る幕はなくなりましたけど」

前回、加々美が冗談半分本音半分で口にした話を蒸し返すと。

「捲土重来《けんどちょうらい》ってとこ？」

ニヤリと笑った。

「あいつ、やる気と根性だけは人並み以上だから」

「それで空回りしてちゃ、意味ないですよ」

「そこは、現場で実体験して慣れるしかないだろうな。それで潰れる奴は、そこまでってことだから」

加々美の言いたいことはわかる。

自分のウリを他人に決めてもらっても、センスを磨いて実績を積み重ねていくのは自分自身だ。それができない奴は、潰れていくしかない。

潰れても、後釜《あとがま》は腐るほどいる。

なにしろ、ファッション雑誌のモデル志願は掃いて捨てるほどいるのだ。

ちょっと顔とスタイルに自信がある奴は、チャンスさえあれば、それだけで簡単になれる職業だと思っている。

アホか——と、雅紀は本気で言いたい。

街で読者モデルとしてスカウトされた奴に限って、変な勘違いをする。

モデルに学歴は必要ないが、勘が悪くては話にもならない。向上心の欠片《かけら》もない奴もだ。ウオーキングの基礎もできていないド素人《しろうと》はスッ込んでろ——と言いたくなる。

ビギナーズ・ラックで有頂天になっているようでは、シビアな業界では生き残れない。

「第一弾が予想外の大反響だったから、第二弾も当然、大注目の的だな。音楽業界だけじゃなくて、こっちの業界にもな」

「俺的には、与えられたコンセプトを忠実にこなすだけです。主役はあくまで『ミズガルズ』ですから」

「何言ってんだ、おまえ。今のご時世、あいつらのファンだけでPVのDVDがあんなに飛ぶようにバンバン売れるわけないだろ。おまえ、もっと自覚したほうがいいぞ？」

欲がないというのではなく、無駄に謙遜《けんそん》しているわけでもない。

しいて挙げれば――無関心？　自分のフィールドでないところでの評価など、別にどうでもいいらしい。

最初は音楽専門チャンネルで話題になって、口コミからネットで一気に火がついた。

加々美に言わせれば、あれは一種の映像美である。気品と重厚な威厳、更には、とてつもない艶悪《いろあく》を醸し出す悪魔《雅紀》が登場するだけで画面が締まり、視線が釘付けになるのだ。しかも、台詞のない存在感だけで。

演技力がどうの……という問題《レベル》ではない。あれは、感性という名のイリュージョンである。

「……そんなモンですか？」

「そんなモンなんだよ。あれで、和田弘毅《わだこうき》の名前が映像作家《クリエーター》として一躍ブレークしたようなもんだし」

嘘ではない。今や、ギャラも半端ではなく跳ね上がっている。和田にしてみれば、間違いなく大出世作である。

「その第二弾なら、自薦他薦の入れ食い状態じゃねーか?」

当然、その話題性を考えればスポンサーだって何社かが一斉に手を上げるだろう。

「あー、まぁ、それは『ミズガルズ』の連中も苦笑いしてましたよ。何もかも、前回のときと大違いだって」

「そりゃあ、とんでもなく偏屈な奴でもない限り、誰だって勝ち馬に乗りたいと思うのは世の中の常識だろ」

――とたん。

雅紀は微妙に目を眇めた。

「なんだ?」

「いや……。加々美さんが言った、そのとんでもなく偏屈な奴の名前も挙がってたなぁ……とか思って」

「は……?」

「だから。伊崎豪将《いざきごうしょう》ですよ」

瞬間。加々美は思わず双眸を見開き、

(……マジで?)

ついでに、派手にむせた。

「リーダーが大ファンなんだそうです。『GO-SYO《ゴー・ショー》』の写真集、全部持ってるって言ってましたから」

おい。

……おい。

………おい。

加々美はおしぼりで口を拭《ぬぐ》いながら、長身《デカ》くて、肉厚《ゴッ》くて、強面《シブ》い——伊崎の顔を思い浮かべた。

(意外な隠れファンだよなぁ)

伊崎は、普段『GO-SYO』という名前で自然界の風景を専門に撮るネイチャー・フォトグラファーである。その伊崎が、ごくたまに本名で人間を撮る。その話題性と作品の評価が等価以上であることが、伊崎の真骨頂であるといっても過言ではない。

もっとも。才能=人間性ではないことを、伊崎は体現してもいたが。

なにしろ、偏屈なのだ。それもただの偏屈ではなく、世間様の常識がまったく通じない超偏屈な男だった。

オファーを正式に受けた報告を兼ねた席で、リーダーに伊崎《GO-SYO》を知っているかと聞かれ。そのときには『人並みには』と無難に答えた雅紀だったが。実のところ、この夏、伊崎とはガチンコ勝負の実体験をしてしまったばかりだ。

強引にもぎ取った二泊三日の夏休み《サマー・ホリデー》中の出来事である。

尚人と入場者限定のナイト水族館デートの予定が、急遽《きゅうきょ》、伊崎が撮るＣＭ撮影の主役が来るまでのリハーサル――カメラ・テストの代役《スタンド・イン》をやらされる羽目になってしまったのだ。その話を強引にねじ込んできたのが、誰あろう加々美であった。

業界の中でも扱いづらいカメラマンのトップ3に入るだろうと言われている、歩く傲岸不遜《ごうがんふそん》男――伊崎とのガチンコ勝負。そこらへんの経緯は、話せば長い。とても一言では言い尽くせない、加々美流に言えば『不運なアクシデントが連鎖する』大事件であった。

しかしながら。業界でもその真相を知る者はごくごく限られている。現場関係者以外、口外厳禁のトップ・シークレット。それが、予期せぬトラブルに巻き込まれて予定の時間になってもやってこない主役の不本意な代役を引き受けるに当たっての、雅紀が出した第一条件だったからである。

おかげで、せっかくネットで予約したナイト水族館の予定はキャンセル。その代わりに、宿代は加々美が所属する事務所『アズラエル』が負担しての豪華温泉旅行になった。

まぁ、雅紀的には、尚人と二人だけで二泊三日の夏休みが満喫できるのであれば、別に水族館でも温泉でも構わなかったのだが。

「名前が挙がっていると言っても、あくまでリーダーが勝手にミーハーしてるだけのことですから。常識的に考えて『ありえねー』選択だって、メンバーは笑い飛ばしてましたけど」

ロックバンド『ミズガルズ』のプロモーション・ビデオを伊崎が撮る。常識的・現実的に言えば、それは、

(絶対にありえねーッ)

――と、加々美も思うが。

だが。

ひょっとして。

『ミズガルズ』には、まったく、ぜんぜん、露ほどの興味と関心がなくても。雅紀を――ただのスタンド・インではなく『MASAKI』を好きなように撮り放題だと言われたら。

もしかすると。

――もしかするかもしれない。

なぜなら。

滅多に『人間』を撮らない伊崎が、先のスタンド・イン事件で写真家としての感性をいたく刺激されたらしく。あの後、CMの主役を雅紀に差し替えることはできないかと、非公式に、それも内々に打診してきたのである。

むろん。それこそ『あり得ない』ことであって、CMは予定通りに完成し、すでに各方面で注目をさらっている。

しかし。伊崎的にはどれほど評価をされたとしても、結果的に消化不良であったことは否め

ない。そう推測できるほどには、加々美と伊崎の付き合いは長かった。

更に。これは伊崎も雅紀も知らない社外秘の内輪話《オフ・レコ》であるが。そのCMのイメージ・キャラクターとして、もともと『MASAKI』の名前も候補に挙がっていたのだ。

――が。それは、最終的にもろもろの事情により却下された。

それを思えば、何やら因縁を感じるのは、たぶん加々美だけではないだろう。

その案が却下されるに至った最大の要因が、例の、会見で実父を平然と撫《な》で斬《ぎ》りにした、『今となっては感情を揺らす価値もない視界のゴミ』発言《あれ》である。

旬な話題性で言えば、その『顔』と『ネームバリュー』はピカイチだが。あの辛辣《しんらつ》極まりない『MASAKI』を社運をかけた一大プロジェクトのイメージ・モデルとして起用するのは、さすがにリスクが高すぎる。

それが、トップの判断だった。

あるいは。『視界のゴミ』呼ばわりされた実父と同年代の父親として、雅紀に対する嫌悪感《アレルギー》がなかったとは言えなくもないかもしれない。

篠宮慶輔がいかに極悪非道なクソ親父であろうとも、公共の場で息子にああいう形で絶縁宣言を叩きつけられるのを目の当たりにしたら、不倫の経験があろうがなかろうが、離婚経験者だろうが、その真っ最中だろうが、世の父親はさぞかし複雑な心境であったろう。

滅多に人間を撮らない『GO‐SYO』が伊崎豪将として、CMを撮る。その伊崎と『MASAKI』というう個性がコラボレーションするケミカル反応を期待する現場《チャレンジ》の意見よりも、無駄なギャンブルを嫌う上層部の意向が重視される。それもありがち……と言ってしまえば、それまでだが。

だが。音楽映像であれば、そのリスクはないに等しい。むしろ、雅紀が『MASAKI』であることの本質だけで勝負することができる。

その第一弾は、完成度の高さと話題性とで絶大なる支持を持って若者に受け入れられた。常識に縛られた親父たちのガチガチな頭ではリスクが最優先だが、若者の価値観はそこにない。

だから。

本当に。

ひょっとすると、ひょっとして。

もしかすると、あり得ないコラボが実現する？

——かもしれない。

ある意味、それ自体が奇蹟《きせき》だったりするかもしれないが。

（うわぁ……ヤベー）

それを想像するだけで、なぜか、鳥肌立ってくる加々美であった。

《＊＊＊アフェクション＊＊＊》

極悪非道のクソ親父と呼ばれること自体、遺憾《いかん》である。そう向けたのが妻だからだ。
離婚してくれと何度も頭を下げて頼んだのに、ガンとして受け入れなかった。
生活費も養育費も、当然、払うつもりだった。離婚に応じてくれれば。
だが、妻は頑《かたく》なに拒否した。その上、まるで当てつけるように自殺した。
その責任まで転嫁されたのでは、たまらない。

§§§§　§§§§　§§§§　§§§§

その日。朝イチで入っていた雑誌のグラビア撮りが終わり、午後からのイベント用の仮縫いを済ませ、雅紀《まさき》は疲れを感じる間もなく、即行で篠宮《しのみや》の家に戻った。

「お帰りなさい」

土曜の休みで、すでに夕食の仕度も終えて雅紀を出迎えた尚人《なおと》の頬には、青紫の手形の跡がくっきり残っていた。

「――ッ!」

一瞬、雅紀は言葉を失う。電話で聞くのと実際に見るのとでは、その衝撃度《インパクト》も大違い――である。

雅紀は『ただいま』の声もなく、見るからに痛々しい尚人《なおと》の頬をそっと撫でた。

「沙也加《さやか》にやられたんだって?」

尚人は別に驚きもしない。昨夜、

『ナオちゃんがフロに入ってたとき雅紀にーちゃんから電話があったんで、お姉ちゃんに一発喰らったこと、言っといたから』

裕太《ゆうた》に言われていたからだ。

『先に知っといたら、雅紀にーちゃんだってショックが少ないだろ?』

それは、そうかもしれないが。尚人としては、そのときのリアクションが気になる。その反動も……。

それもあって、出会い頭の雅紀の反応がちょっとドキドキだった。

「相当、キツイ一発を喰らったみたいだな」

口調はいつも通りの穏やかさでも、そのトーンは低い。

「大丈夫。見かけほど痛くないよ。昨日はべったりシップを貼《は》っといたから」

それで痛みは薄れたが、さすがに片頬の青斑《あおまだら》状態は隠すに隠せない。

「だから、雅紀兄さん。何もしないでね？」

誰に。

――何を？

そんなこと聞くまでもない。

裕太からも、勝手に沙也加に電話なんかするな――と、釘を刺されたことを思い出す。

そのときは、一応、保留のつもりだったが。実際に青斑の顔を見てしまったら、今更のように沙也加に対する怒りが込み上げてきた。

「そうは言ってもな。なんでそういうことになったのか、理由くらいはちゃんと聞いておかないと」

ケジメは、ケジメだ。でなければ、気が収まらない。

「理由《それ》は……もう、どうでもいいよ」

「どうして？」

「だって、沙也姉……。沙也姉のほうがすごく痛そうな顔してたから」

それは本末転倒――と、口にしようとして。

「バッカじゃねーの。それって、結局、殴られ損じゃん。ナオちゃんが思ってるほど、お姉ちゃん、可愛《かわい》い性格してないから」

尚人の背後から現れた裕太に先を越された。

ナイスなツッコミである。こんなときでもなければ『よく言った』ばりに、ハグでもしてやりたい気分だ。裕太は嫌がるだろうが。

「つーか、さ。いつまでもそこに突っ立ってないで、さっさとメシにしようよ。そのあとで、じっくり二人で話し合いでもなんでもすれば？」

言われて、まったくその通りだと気付く。

まずは――ご飯。

空腹なままでは気分もイラつく。とりあえず満腹になれば、また違った展開も見えてくる。

――はずだ。

それを思って、尚人は気合いを入れ直してダイニング・キッチンに戻った。


夕食が終わると。裕太はさっさと二階の自室に上がっていった。

雅紀は最後の茶を飲み終わっても、席を立とうとしない。

そんな雅紀をチラリと流し見て、尚人は食事のあとの食器を流しに持っていく。そのまま洗ってしまおうとすると。

「――ナオ」

雅紀が呼んだ。

振り向くと、雅紀はゆっくり立ち上がって、

「それ、明日でいいから」

目で促した。

とりあえず、頷いて。尚人はエプロンを外して、雅紀のあとを追った。

部屋に入ると、雅紀はベッドの端に浅く腰掛けた。そして、デスクチェアーを自分のほうへと引き寄せると、座るように無言で促した。

（うわ……。なんか、まーちゃん、マジっぽい）

尚人は思わず生唾《なまつば》を呑み込む。こういう雰囲気はずいぶんと久しぶりのような気がした。

ドアを閉めると、とたんに室内の密度が増した。尚人はぎくしゃくとデスクチェアーに座る。

すると、ただの錯覚ではなく圧迫感が更に増した。

それは、雅紀と目の高さが同じになったと同時にピリリと引き締まった。

「とりあえず。何があったのか、きちんと話してみろ」

「裕太から聞いたんじゃないの？」

「一応、搔《か》い摘んだとこだけ。どうせなら、直にじっくり聞けっていうのが裕太の言い分だか

らな」

裕太の言いそうなことである。自分的には一応納得したので、あとは雅紀に丸投げでも構わない——のかもしれない。

「ナオも、ちょっとは落ち着いて、頭の中が整理できたんだろ？」

まぁ、それなりには。

——と、いっても。尚人自身、沙也加の言動までは理解できないが。

「だから、ナオから直接聞きたい」

尚人のことになると、とたんに視野狭窄《きょうさく》になってしまうのは雅紀の悪い癖だ。

わかっていても、直らない。尚人のことは、どんな些細《ささい》なことでもきちんと把握しておきたいのだ。

今更、それを改める気にもならなかった。

「気持ちが落ち着いて頭がスッキリしたら、見落としていたことが見えてくることもある」

実は、それを期待している。

同じ目線で、じっくり静かに話を聞く。それが、相手をリラックスさせるコツだと聞いたことがあった。

「昨日は、クラス委員の定例会で、定時で終わったあと、桜坂《おうさか》たちと一緒に校門を出て……」

尚人はポツリポツリと語り始める。

「そしたら、なんでか……道路の向こう側で沙也姉が睨んでた」

「ただ見てたんじゃなく、か？」

「ウン。俺、どうして沙也姉がそんなとこにいるのかわかんなくて。ビックリして、思わず固まっちゃって……」

キツイ目で、瞬きもせずに尚人を凝視する沙也加。

ただ唖然《あぜん》と、双眸を見開いて硬直する尚人。

その場にはいなくても、その光景が見える。

たぶん。……きっと。沙也加のそれは、加門の家で雅紀が見た、あの表情だったりするのだろう。

五年ぶりの再会であっても、互いがその顔を見違えることもなく見つめ合う。それを想像して、思わず浮かんだのは感傷ではなく不快感だった。

どうして。

なんの断りもなく。

そんな勝手なマネをするのか？

しかも、このタイミングで。

（……サイアクだろ）

ゴシップ狙《ねら》いのハイエナどもが、いつ、どこでスキャンダルなベスト・ショットを狙っているかもわからないのに。

（いったい、何を考えてるんだ？）

内心、舌打ちを漏らす。

『未成年の弟にしつこくまとわりついて追い回す奴は、悪質なクズも同然』

その発言がテレビで流れたせいかどうかは、わからないが。それ以後、篠宮の家と翔南高校に張りついていたマスコミが一斉に引いたらしいことは知っている。そんなことなら、最初から一発派手にカマしておけばよかった。本気でそう思う。そしたら、たとえ数日間でも弟たちに不快な思いをさせることはなかっただろう。

「そしたら、いきなり桜坂が沙也姉の前に立ち塞《ふさ》がって。『あんた、誰？』とか言うもんだから、俺、焦っちゃって……」

それはきっと、番犬モードが全開だったに違いない。

「沙也姉が俺の姉さんだってわかると、桜坂たち、呆然《ぼうぜん》絶句だった。……って、いうか。俺、みんなのあんなビックリした顔、初めて見たような気がする」

「そりゃ、驚くだろうな」

きっと、尚人が思っているのとは真逆の意味で、だろうが。

普通、姉と弟が五年ぶりに再会する感動シーンならば、それなりのドキドキ感が満載なはずだが。そうではなかった――ということだ。顔が似ているとか似てない――とか言う前に、そんなことにも思い至らないほど沙也加が険悪な雰囲気だったということだろう。

嫌悪感がダダ漏れ？

尚人相手に？

（――許せねーな）

本気で、それを思う。

「それで、話があるって言うから……」

「何の？」

「いつもこんなに遅いのか、とか。まぁ、そういうこと？」

本題前の口慣らしが必要なほど沙也加が無駄に緊張していたとは思えないが。

「だから。なんか、ものすごく言いづらいことなのかなって。もしかして、暴露本のことで俺に話があるんじゃないかって思ったんだけど」

「――違った？」

「その前に、沙也姉の地雷ふんづけちゃったみたい」

尚人は、わずかに唇の端を歪《ゆが》める。

「沙也姉が、桜坂のこと、ムカついた……みたいな口ぶりだったから、そこはちゃんと説明しておかないと――と思って」

「そしたら？」

「沙也姉のほうも、いろいろあった——って。その話を聞きたいかって言うから、首振ったんだ、俺。そしたら、沙也姉の顔つきが変わって……」

「——平手打ち、か？」

コクリと頷く。

「なんで聞かないのかって？」

再度、頷く。

雅紀は深々とため息を漏らした。

それは、いったい、どういう論理付けなのか。

(支離滅裂じゃねーか)

一瞬、それを思い。

そして、ハタと気付く。

『どうして……って、聞かないの？』

キリキリと眦《まなじり》を吊り上げた沙也加の顔が、不意に思い浮かんだ。

(——まさか)

『どこから？　誰から？　……って聞いてよッ』

ヒステリックな声が甦る。

(そう……なのか？)

ネックは、そこなのか？

あのとき。雅紀が拒否——いや、黙殺した意趣返し？

雅紀相手にはできなかったことを、尚人でやった。そういうことなのか？

（それって……どうよ？）

雅紀はギリと奥歯を軋《きし》らせる。

「やっぱ、俺が悪いのかな」

「ンなわけ、ないだろ」

つい、力《リキ》を込めてピシャリと言い放つ。

（あー……ムカつく）

尚人が地雷を踏んだというより、わざわざ翔南まで行って自爆しただけではないのか。

それでも、まだ疑問は残るが。

「——で？　ナオはどうしたいわけ？」

雅紀としては、そこが一番気になる。

「だから、別に……いいかなって」

「沙也加が翔南に来た理由も、殴った意味も、何も知りたくないってことか？」

「そんなこと聞いても、意味がないかなって」

「……え？」

「沙也姉は、口では聞けって言ってたけど……本音は違ってそうだった」

「どうして、そう思うんだ?」

「だって……」

一瞬、口ごもり。尚人の視線がわずかに泳ぐ。

「あのときの沙也姉の目、あんたにあたしの気持ちなんかわかるわけないって……言ってたような気がしたから」

ドキリとする。

ただの勘違いだと、笑い飛ばせない。

尚人は自分のことになるとときおり天然もどきの鈍さになるが、人の機微には聡い。特に、沙也加が相手では、因縁が因縁だけに余分なモノまで拾ってしまいかねない。

(……マズイな)

内心、雅紀は盛大に舌打ちを漏らす。

——そのとき。

「俺ね、まーちゃん。ひとつだけ、はっきりわかったことがある。沙也姉は——俺のことが、ホントに、もの凄《すご》く嫌いなんだろうなって」

尚人は掠《かす》れ声で言った。

だが。雅紀はなぜか、それは違うぞッ——と即行で否定できなかった。

「前に、裕太が言ってたんだけど。この家から逃げ出した沙也姉なんか、いらないって。この篠宮の家じゃ、まーちゃんと俺と裕太だけが家族なんだって」

「──いつの話？」

「沙也姉が裕太に加門の家に来いって、電話をかけてきたとき」

「あー……あのときか？」

覚えている。それで、裕太の機嫌が最悪になったと尚人が言っていたからだ。

「だから──もう、いいかなって。この先、俺がどんなに努力しても沙也姉との溝《みぞ》が埋まらないなら、もういいかなって」

どんな想いでその言葉を口にしたのか。それを思うと、雅紀は居たたまれない気分になる。

「──ナオ」

雅紀は両手でしっかり尚人の手を摑《つか》んで、強く握りしめた。

「何かを選ぶってことは、何かを捨てることだって……俺は思ってる。一番欲しいモノを手に入れたいと思ったら、綺麗事《きれいごと》なんか言ってられない」

自分の気持ちをごまかして、見たくない感情に蓋《ふた》をして、あとで後悔する。そんなことは、もう二度とゴメンだからだ。

「それで誰が傷ついても……誰かを傷つけることになっても、しょうがない。それが、選択をするってことだからだ。俺は、おまえしかいらない。俺が欲しいのは、おまえだけだから」

だから。尚人以外の者を切り捨てにしても構わない。たとえ、それが裕太であっても。ただ、それをすると尚人が泣くだろうからしないだけの話だ。

「今は、俺とおまえと裕太だけが家族だ。他には、誰もいらない。そうだろ？」

「――そうだね」

瞬きもせずに雅紀を見返し、尚人はコクリと頷いた。

§§§　　§§§§　　§§§§　　§§§§

可愛い。

好きだ。

愛《いと》しい。

なのに。どうして、こんなにも切ないのだろう。

尚人を抱きしめ、深くキスを貪《むさぼ》りながら、雅紀はふと――思う。

護りたい。

喪えない。

唯一無二の……存在。

今となっては、雅紀が生きていく糧《かて》でもある。

自分さえ納得していれば、他人が何をどう思っていようが関係ない。揺らがない信念さえあればいい。そう思っていた。

しかし。

頬にくっきり手形の残る尚人を見たとたん、ドス黒い激情が噴き上がった。

クソ。

……クソッ。

…………クソッ！

斬《き》り捨てたはずの沙也加に、予期しないところから、不意打ちの必殺蹴りを喰らわされたような気がした。

許せない。

——許さない。

だから。

優しく抱きしめたいのに。トロトロに甘やかしてとろけさせて、もう何も心配しなくてもいいのだと慰めたいのに。

なぜか。思う心とは別のところで、凶暴な気持ちになっていく。

腕にあるのは愛しい存在だ。
この温《ぬく》もりと確かな感触があれば、何もいらない。その気持ちに嘘はないのに、沙也加への怒りが収まらなかった。

キスが、苦しい。
角度を変え、舌を搦《から》め、深く合わせた唇を吸われて……キスを貪られる。
何度も。
……何度も。
『大丈夫』
『心配ない』
『もっと、寄りかかってこい』
強く。
きつく。
——深く。
雅紀の想いが伝わってくる。
でも——なんだろう。

息継ぎもままならないほどきつくキスを貪られて、頭の芯も身体もとろけて、いつもだったらクッタリと力が抜けてしまうのに。やっぱり、何か、どこか……違う。

いつもと――違う。

髪を梳《す》き上げる仕草も、背中を撫でる指のしなやかさも、しっかりと抱きしめられる重みは変わらないのに、慣れた心地よさの中にほんのわずかな違和感があった。

気のせいではなく。

ただの錯覚でもなく。

もしかして……怒ってる?

そうなのか?

ふと、それを思い。尚人は泣きたくなるほど切なくなった。雅紀が何のために、誰を想い、どうしてそんなふうに怒りを溜《た》め込んでいるのか。それが、わかったような気がして。

(ゴメンね、まーちゃん。心配かけて……)

素直に、思う。

自分でもしっかりしているつもりでも、何かといたらない部分を痛感する。

――だから。

(ありがとう。まーちゃん)

心から、そう言える。

決して自分が独りではないことを、ちゃんと、いつでも教えてくれるから。

そして、気付いた。不安なのは、たぶん、自分だけではないのだと。

強くて、大人で、いつも絶対的な信頼をくれる雅紀でも、すべてがパーフェクトではないのだと。

雅紀はいつも、尚人がヘコんだときに欲しい言葉をくれる。だが、自分はその万分の一も返してないような気がした。

できるだけ、心配をかけたくない。それがかえって、不安を煽《あお》って心配をかけてしまうこともある。

言葉が足りていないのだと、思う。

だから。息苦しいほどに抱きしめてキスを貪ってくる雅紀を、尚人はきつく、強く、抱きしめ返した。伝えるべき言葉を、ちゃんと口にしたくて。


そのとき。

組み敷いた身体の下で、いきなり強く尚人に抱きしめられて。雅紀は思わず身じろいだ。

(――何?)

その拍子に、貪っていたキスも止まった。

唇が外れると、尚人はハグハグと喘《あえ》いだ。

そして。

「ゴメ……ンね、まー……ちゃん」

荒い息の下から、ボソリと漏らした。

「俺……心配ばっか、かけちゃって……」

今更のようにそんなことを言い出す尚人に、雅紀は苦笑する。

「でも、俺……嬉《うれ》しかった」

——何が？

「まーちゃんに、真剣に心配してもらえるのが」

思わず、ドキリとする。

「それって、すごく……嬉しい。だって……ちゃんと、ホントに、まーちゃんに愛されてるって気がするから」

静かに、ひっそりと笑みをこぼす。

雅紀は、息を呑んで目を瞠《みは》る。今、このとき、まさか……尚人の口からそんな言葉がこぼれ落ちるとは思わなくて。

「ありがとう、まーちゃん。俺……すごく嬉しい」

わずかに潤んだ黒瞳が、嘘のない微笑《ほほえ》みにとろける。

（あー……まいったな）

内心、雅紀はどんよりとため息を漏らす。

先ほどまでブスブスと燻《くすぶ》っていた怒りが、いつの間にか霧散する。

（ナオ、おまえ……。それって反則だろ）

真剣に、それを思った。

尚人のたった一言で心が軽くなる。

愛し、愛され。癒し、満たされていく心。それをリアルに実感して、雅紀はうっすらと唇を綻ばせた。

§§§§　§§§§§　§§§§§　§§§§§

午前一時過ぎ。

なんだか妙に目が冴《さ》えて。ついでに、喉も渇いて。

（水でも飲んでくるかぁ）

階下に降りて冷蔵庫からミネラルウォーターのボトルを取り出していると、バスルームから出てきた雅紀と鉢合わせをした。下はスエットを穿《は》いただけの半裸で、雅紀はまだ濡《ぬ》れた頭を肩に引っかけただけのバスタオルでガシガシと拭っている。

カリスマ・モデルと言われる体型の黄金率。剝き出しの肩が、しなやかな腕が、たるみなく引き締まった腹筋が、男の艶気《いろけ》を放っていた。

（雅紀にーちゃん、ムダに格好良すぎ……）

別に照れ隠しではない。同じ兄弟でどうしてここまで違うのか、単に疑問なだけ……。

「今頃、どうした？」

「なんか……寝外《ねそび》れた」

「そうか」

その一言で会話を切り上げ、雅紀は冷蔵庫からスポーツ飲料を取り出すと豪快に一気に飲み干した。

尚人がいるのといないのとでは、体感温度がまるで違う。今更、それを気に病むほど裕太はナイーブではなかったが。

「雅紀にーちゃん」

——何？

目だけで、雅紀が問う。

「結局、どうすんの？」

前振りするだけ無駄なので、単刀直入に聞きたいことを口にする。

「どうもしないさ」

しごくあっさりと、雅紀は言い放った。

それが意外で、裕太はしんなりと眉をひそめた。

「雅紀にーちゃん的には、それでいいわけ？」

いつもの雅紀ならば、絶対に、何らかのリアクションを見せるはずなのに……。その疑問がダダ漏れだったのか、

「不満そうだな」

何が。

——とは、口にせず。雅紀は口の端でひっそりと笑った。

「別に、そういうわけじゃ……」

ブスリと漏らすトーンが、その言葉を裏切る。

「おれはただ、知りたいだけ」

——何を？

目で促されて。

「お姉ちゃんが、ホントは何をしたかったのかを」

本音が突いて出る。

「だって、わけわかんねーもん。お姉ちゃんが、いったい何を考えてるのか」

こういう形で実害が出なければ、たぶん、沙也加のことなど気にも留めなかっただろう。裕太の中では、沙也加はすでに『家族』ですらない。だからこそ、今回のことは不意打ちのハプニングもいいところだった。

『なんで?』

『どうして?』

その疑念が頭から消えない。

「ナオちゃんは殴られ損でもいいかもしんないけど、おれ的には、なーんかスッキリしないっていうか。奥歯に何か挟まってるようで、妙に気持ちが悪いっていうか……。雅紀にーちゃんは違うわけ?」

「初めは俺も、ちゃんとケジメはつけなきゃ……とか思ってたけど。よくよく考えてみれば、これはナオが売られた喧嘩だし。俺が横からしゃしゃり出てもなぁ…って感じ?」

取ってつけたような言い訳……なのは否めない。

(雅紀にーちゃん、いきなり物わかりよすぎ)

裕太が、そう感じるくらいには。

「よけいなことすんなって、ナオちゃんに泣きつかれたわけ?」

「――違う。むしろ、逆」

その意味を計りかねて、裕太が小首を傾《かし》げる。

「俺の中じゃ、この家を出ていった時点で沙也加はすでに他人同然だったけど。この五年間、ずっと絶縁状態でも、ナオはそんなふうには割り切ってしまえなかったんだろう」

あえて雅紀に言われるまでもなく、それは裕太自身が一番よくわかっている。情愛の対象が著しく偏っている沙也加とは別口で、尚人も情が濃いのだ。でなければ、不登校の引きこもりである自分など、とっくの昔に見放されていただろう。

「だけど、今回のことで、どうやら踏ん切りがついたらしい」

裕太は、ハッと双眸を見開く。

「なら、俺的には何の問題もない。ていうか、かえってスッキリしたってとこ？」

雅紀は、いっそ歯に衣《きぬ》を着せない。

あー、これで、雅紀の中から完璧に沙也加の存在は抹殺されたんだろうなと。裕太は今更のように実感する。

――と、同時に。それがまるっきりの他人事《ひとごと》とは思えなくて。一瞬、背中がヒヤリとした。

それでも、まだ、裕太には喉の小骨があった。

「ぶっちゃけ、聞いていい？」

「何を？」

「昨日……ナオちゃんが言ったんだ。お姉ちゃんの中じゃ、たぶん、まだ何も終わってないんだろうなって。ナオちゃんは、雅紀にーちゃんがいておれがいて、だからどんなキツイことでも最後はちゃんと向き合えたけど、きっと、お姉ちゃんの時間はお母さんが死んだときのまま止まってるんじゃないかって」

その瞬間。ほんの一瞬だけ、雅紀の顔から感情の色が抜けた。

――ように、裕太は感じた。

裕太は、あれからずっと、その言葉が妙に頭に引っかかっていた。

なぜ、尚人は、そんなふうに思っているのだろうか――と。

母親と雅紀の情事の現場を目の当たりにしたらしい沙也加が、そのことを嫌悪して忘れられないトラウマになっているのはわかる。その矛先が雅紀にではなく尚人に集中しているのだけが、いかにも……だが。

すでに母親が死んでしまっているから、よけいに？

それとも。まだ、別の何かがあるのか？

「それって……どういう意味？」

裕太は雅紀を凝視する。雅紀の表情の欠片も見逃すまいと。

「沙也加は、たぶん、母さんが死んだのは自分のせいだと思ってるからだろ」

予想外の答えに、裕太は虚を衝かれたように目をしばたいた。

「え……？　なんで？」

それって――逆じゃねーの？

母親は。雅紀のことを沙也加に知られたから、弁解することも嘘でごまかすこともできない現場に踏み込まれたから、それを悔やんで、恥じて、絶望して自殺した。

――そうではないのか？

「あの日……。沙也加は逆上して、喚《わめ》き散らして、最後の最後に罵倒《ばとう》した。お母さんなんか死んじゃえばいいのよ――って、な」

とたん。

（……ウソ）

裕太は、脇腹《わきばら》がキリキリと引き攣《つ》れたような気がした。

「――で、次の日、母さんは死んだ」

そのこと自体、初めて聞かされたわけでもないのに、受ける衝撃はまるで違う。頭の芯が鈍く痺《しび》れ、四肢が硬直した。

「俺は、あれはただの事故で自殺じゃない。そう思ってるけど、沙也加は違うんだろ」

冷めた声で、雅紀は淡々と口にする。それ以外の事実はないと言わんばかりに。

「お姉ちゃんが死んじゃえって言って、その通りにお母さんが死んだから？」

吐き出す言葉が、喉の奥で変なふうに絡まる。

雅紀は否定もしなければ肯定もしなかった。

「それが、お姉ちゃんが葬式に来なかったホントの理由?」

当時、自分にも——加門の祖父母にも知らされていない裏事情。それは、雅紀と母親の事実を知って沙也加が忌避《きひ》したのだとばかり思っていたが。裏事情には、更に裏があったというわけだ。

母親にとって、沙也加が投げつけた罵倒には致死量の劇薬がたっぷり塗《ぬ》り込められていたのだろう。たとえ、それが、激情と逆上の果てにとっさに突いて出た捨て台詞であっても、それで本当に母親が死んでしまったら、それは——ショックも倍増しだろう。顔面が強《こわ》ばりつくどころか、頭の芯が真っ白に凍りつくほどの……。

(あー……そういうこと?)

疑問と。

疑念と。

——不審。

欠けたピースがようやくひとつに繋がったような気がして、裕太はひっそりとため息をこぼした。

(そう、なんだ?)

頭をガツンと殴りつけられたショックが去ると、そこには、思いのほか冷静な自分がいた。

死んだ母親のことも、沙也加のことも、今の自分には不要の存在になってしまったからかもしれない。

「それって……当然、ナオちゃんも知ってるんだよね？」

「あー」

「だからナオちゃん、お姉ちゃんのことを切り捨てにできなかったんだ？」

「ナオにはナオの考えがあるからな」

やはり尚人は情愛が濃すぎるのだと、改めて実感させられる裕太であった。

「でも、もう、お姉ちゃんはいらない。そういうことなんだ？」

「ぶっちゃけて言えば、な」

尚人の中で、どういう心境の変化があったのか、裕太にはわからない。だが、沙也加と再会してそういう気分になったのだとしたら、何かきっかけがあったに違いない。

頬にくっきりと手形が残るほどの平手打ちに隠された――心情。それは、やはり、雅紀でなければ聞き出すことができなかったということだ。

「だから、今回のことは放っておく。俺としても、今更、沙也加にまで掻き乱されたくないからな」

雅紀の言わんとするところは明快だ。

要するに。今回は放っておくけど、二度目はない。つまりは、そういうことなのだろう。

（お姉ちゃん。やっぱり、雅紀にーちゃんの性格、完全に読み違えてるんだってば）

だが、同情はしない。

沙也加の時間は、あのときのまま止まってしまっている。

たとえ、そうなのだとしても。

それは、ある意味、怠慢だと思うから。

そういう言葉を投げつけた自分を哀れんだまま、そこから一歩も踏み出せない。その心情には、口の中がザラついて苦々しくなるほど身に覚えがある。

雅紀は、そんな裕太に『変われ』と言った。自分の人生を肩代わりしてくれるような奴はいない。だから、いつまでも甘ったれてないで変われ——と。

正論を突きつけられると、耳が痛い。

もの凄く、腹が立つ。

頭の芯まで……煮える。

だが。口調は突き放したように冷然としていてもその言葉に真摯《しんし》な重みがあるから、裕太は坂道を転げ落ちる寸前で踏み止まることができた。自虐《じぎゃく》的な反発と投げやりな拒絶の淵《ふち》から、引き返すことができた。

けれど。沙也加には、誰も言ってはくれなかったのだろう。変われ——とは。

(おれって、ホントにラッキーだったんだよな。ナオちゃんに見捨てられなくて……)

今更のように、それを痛感する。

尚人が、沙也加のどんな地雷を踏んだのかは知らない。その結果、触れなくてもいい雅紀の逆鱗《げきりん》に触れてしまったのだとすれば、それは、沙也加にとっては最悪の展開には違いない。

《＊＊＊フェイク＊＊＊》

血は水よりも濃い。

そんなのは、ただの戯言《たわごと》だ。

妄執だ。

末息子にバットで殴られて、それを痛感した。

あの瞬間、殺されるのではないかと恐怖した。

なのに、骨折した私が悪《あ》し様《ざま》に罵《ののし》られる。それは、どう考えてもおかしいだろう。

間違っている。

私はただ、自分の家を取り戻そうとしただけだ。なのに、犯罪者呼ばわりされるとは……。

§§§§　§§§§　§§§§　§§§§

何か、妙に落ち着かなかった。

激情のまま尚人《なおと》に平手打ちを喰《く》らわせてから、今日で五日。その間――いや、それっきり、尚人からは何のリアクションもない。

――違う。

別に、尚人はどうでもいいのだ。沙也加《さやか》が気にしているのは、不安に苛《さいな》まれつつ、それでもイライラとわずかに期待していたのは。もしかしたら、そのことで、雅紀《まさき》から何か連絡があるのではないかと。そう思っているからだ。

――どうして、わざわざ翔南《しょうなん》高校に行ったんだ？

――何のために？

――なんで、そんなことをしたんだ？

――ナオを殴るなんて、どういうつもりだ？

詰問でも。

叱責《しっせき》でも。

あるいは、罵声《ばせい》でも。

取りあえずは――なんでもよかった。雅紀の生《ナマ》の声が聞けるなら。冷たく、取りつく島もなく黙殺されるのでなければ……なんでもいいのだ。

声が、聞きたい。

話が、したい。

話を——聞いてほしい。

言い訳じゃない。

詭弁《きべん》じゃない。

打算でもない。

ただ、知ってほしい。

そう思うのは、身勝手なことだろうか。

——違う。

そうじゃない。

父親《慶輔》のように……あんな男と同一的に、一方的に切り捨てにされるのは嫌だ。そんなことは我慢ならない。

だから。せめて、話を聞いてほしい。

切実に、そう思っている。

けれど。自分から雅紀に直接電話をするなんて——できない。そんな勇気も根性もない。

だから——待っている。

翔南高校に行ったときには、そんなことなど考えてもいなかった。

半ば、衝動的に尚人に歩み寄っていったときも。その尚人に、思わず平手打ちをしてしまったときも。そんな確信犯的な打算があったわけではない。

だが。家に戻り、胸のざわつきが納まらない中で、ふと……思った。悔しさで苦々しく歪《ゆが》む視界の中で、ざらつきが取れない唇を噛《か》み締めながら。

ひょっとして。

——もしかしたら。

今日のこのことが、きっかけになるかもしれないのではないかと。わざわざ沙也加から電話をしなくても、雅紀のほうから、何らかのアクションがあるかもしれない。

そう……思った。

そしたら、加門《かもん》の家の窮状も話せる。たぶん、きっと……。

そうしたら、何とかしてくれる——はずだ。

なのに。

何も、なかった。

一日待っても、二日経っても。雅紀からの連絡はなかった。

三日目になると、不安になった。

なぜ？　——どうして、何も言ってはこないのだろうかと。

イライラした。なぜ、電話はかかってこないのだろう。

ジリジリした。もしかして、雅紀は仕事で家に戻っていないのだろうか。だから、尚人は何も言わずにいるのか?

雅紀は——知らない?

そうなのか?

五日目。沙也加は迷いに迷って、篠宮《しのみや》の家に電話をした。尚人が学校に行っている時間を見計らって、取りあえずは裕太《ゆうた》に様子を聞いてみようと思った。

コール音が、六回、七回……。妙にドキドキする。繋《つな》がったと思ったら、留守電モードになった。

——がっかり。

(なによ、もう)

定番の音声応答に、束《つか》の間《ま》、迷って。

「——裕太? あたしよ、沙也加。取りあえず……」

これを聞いたら、折り返し連絡をくれる?

——そう言おうと思ったら、いきなりモードが切り替わった。

『おれだけど』

久しぶりの裕太の生声《ナマごえ》に、ほんの少しだけドギマギした。

そんな自分が嫌で。

（何、やってるのよ）

活を入れる。裕太相手にドギマギしている場合ではない。

「……久しぶり」

大丈夫。ちゃんと、いつもの自分だ。

『だから、何？』

つっけんどんな口調は、相変わらずだった。

「尚のこと……なんだけど」

遠回しに言葉を濁してもしょうがない。

『――それが？』

あくまで、裕太はそっけない。

「何も聞いてないの？」

『お姉ちゃんに殴られて、ほっぺたにバッチリ手形がついてたこと？』

いきなり核心をつかれて、一瞬、言葉に詰まった。

『知ってるよ。メシ食う前に、ガツガツ問い詰めたし』

「あんたが？」

思わず、問い返す。

沙也加が知っている……覚えている裕太のイメージとは重ならない。

『そうだよ。だから、ナオちゃんがいないときにソッコーでそっちに電話したら、ぜんぜん繋がらなかったけど』

更に、驚く。裕太が尚人のために、そんなことまでしようとしていたことに。

「今……電話の電源抜いてるの。いろいろ、うるさいから」

だから、沙也加は、直接携帯にかかってくるかと思っていたのだ。沙也加の携帯には、祖父母から教えてもらった雅紀のプライベート・ナンバーが登録されている。使ったことは一度もないし、その番号が着信したことなど、ただの一度もなかったが。

『なんだ、そういうこと？』

理由さえわかればそれで納得したのか、それっきり、裕太は突っ込んでもこない。

そのことに、沙也加はイラッとした。

尚人といい、裕太といい――どうしてッ。なぜ、そんなにも無関心でいられるのか。

だが。沙也加としても、同じ轍《てつ》は踏みたくなかったし。今回のメインは、それでもない。

「お兄ちゃんは……知ってるの？　尚のこと」

ごくごくさりげなく、話を振る。

すると。裕太はムッツリと押し黙った。ただの錯覚ではなく、明らかに、そういう気配が漏《も》れてきたのだ。

そして。しばしの沈黙のあと。

『お姉ちゃんが何を期待してるのか知らないけど、そういうの、ムダだから』

裕太は投げやりに言った。

「……え？」

『ナオちゃん殴って、それで雅紀にーちゃんを釣ろうとしてもムダだって、言ってンだよ』

瞬間、カッと顔面が煮立った。まるで、自分の醜悪な部分を裕太に見透かされたような気がして。

『雅紀にーちゃん、絶対にノッてこないから』

次いで。ズンと、下腹が重く痺《しび》れた。

『だから、もう、やめろよ』

やめる？

——何を？

なんで、裕太が。

——そんなことを言うのだ？

どうして、裕太に。

そんなことを、言われなければならないのか？

(何も、知らないくせにッ！)

昂《たか》ぶる鼓動が迫り上がって弾《はじ》ける——寸前。

『知ってる』

いきなり、裕太が言った。

まるで沙也加の罵声が聞こえたかのように、否定する。

内心でつぶやいたと思い込んでいただけで、その言葉は声になって漏れ出たのか？

『何も知らないと思ってるのは、お姉ちゃんだけだろ』

知ってる？

——何を？

どれを。

——どんなふうに？

「じゃあ。何を知ってるのか、言ってみなさいよ」

低く声を押し殺して、吐き出す。

何も知らないでしょ、あんたは。

(だって、いつまでたっても甘ったれの自己中だもの)

知ったかぶりするの、やめたら？

内心、沙也加はせせら笑う。

——だが。唇に貼《は》りついたそれは、

『お姉ちゃんが、なんで篠宮の家を捨てたのか。お母さんが、どうして自殺したのか。なんで、葬式に来られなかったのか。どうして、お姉ちゃんがナオちゃんを目の敵にするのか。おれは、ちゃんと……知ってる』

不様に引き攣《つ》り歪んだ。

ウソよッ。

ただのデマカセよ。

そんなこと……あるはずないものッ。

ドクドクドク………と、異様に鼓動が逸《はや》る。

「……どぉして？」

『雅紀にーちゃんから聞いた』

「ウソよッ！」

うそ。

ウソッ。

嘘ッ！

「でたらめ、言わないでッ。お兄ちゃんが、あんたなんかに、そんなこと言うはずないじゃないッ！」

『なんで？　お姉ちゃんがこの家出ていってから、五年だぞ？　雅紀にーちゃんのことなら、お姉ちゃんよりもおれのほうがよく知ってる。おれだってナオちゃんだって、もうガキじゃない。何もわかってないのは、お姉ちゃんのほうだろ』

違う。

違うッ。

違うッ！

そんなはず、ないッ！

「わかってないのは、あんたじゃないの。みんな知ってるって言うなら、あんたはどうして、いつまでも篠宮の家にいるのよッ？　おかしいじゃないッ。そこで、その家で何があったのか知ってるなら、どうして平気な顔で居座っていられるのよッ！」

その家で、お兄ちゃんとお母さんがセックスしてたんだからッ。

二人して、穢《けが》らわしいコトしてたんだからッ。

なのに、どうして平気な顔してられるのよッ！

沙也加は指が白じむほど携帯を強く握りしめて、言葉にはできない罵声を浴びせる。

しかし。

『――家族だから』

その言葉に、心臓をギュッと鷲摑《わしづか》みにされた気がした。

『雅紀にーちゃんが誰と何をしようが、そんなの関係ない。お姉ちゃんには絶対に許せないことでも、そんなこと、おれにはどうでもいいことだから』

いつもの、つっけんどんで投げやりな口調ではない、物静かな声音《トーン》。甘ったれで身勝手三昧《ざんまい》だった弟のどこに……。いったいいつの間に、こんなしゃべり方をするようになったのか。

知らない。こんな大人びた裕太は。

沙也加の知らない――五年間。

『この家があるから、おれたちは家族でいられる。でも、お姉ちゃんは違う。あいつみたいに、さっさとこの家を捨てて出ていったから。だったら、今更、お姉ちゃんの身勝手で変に掻《か》き回すなよ。そんな権利、お姉ちゃんにはないんだから。おれが言いたかったのは、それだけ。雅紀にーちゃんの地雷踏んづけたくなかったら、二度とナオちゃんに構うなよな。ンじゃ』

立て板に水のごとく、言いたいことだけを言って電話は切れた。

ツーツーという耳障りなノイズだけが、虚《むな》しく耳元でこだまする。

――なによ？

――なんなの？

――信じられない。

震える唇を噛んで、沙也加はぎくしゃくと携帯をオフにする。

裕太に、諭された？

不登校の引きこもりの裕太に、同情された？

それとも。ただ、バカにされただけなのか。

こんなのは、違う。

こんなはずじゃない。

雅紀に排除され。尚人には拒否され。今、裕太にさえ拒絶された。

もう、誰も——いない。

今や、自分は完全に独りぼっちだ。それを嫌でも痛感させられて、沙也加は呆然《ぼうぜん》と立ち尽くした。

《＊＊＊ブレイク・ダウン＊＊＊》

三人兄弟の真ん中は鬼子。よく言われた。

両親は上に甘く、下にはもっと甘い。割を食うのはいつも次男である私だ。

兄は売れない書道家。いい歳《とし》をして、いまだに甘い夢にしがみついている。だから、いまだに独身だ。寂しいだけの老後は惨《みじ》めだろうに。

弟は、ラグビー・バカ。鎖骨を折っても、肉離れしても、それが男の勲章だと勘違いしている。いまだにOBとして母校の合宿には欠かさず顔を出して、はるか年下の後輩たちにウザがられている。

どちらにも、いいかげん目を覚ませよッ！　そう言いたくなる。

§§§§　　§§§§　　§§§§　　§§§§

篠宮慶輔《しのみやけいすけ》著『ボーダー』バカ売れ。
すでに三十万部突破。
破竹の勢い、止まらず。
行くのか？　五十万部！

クッ、クッ、クッ…………。
忍び笑いが止まらない。
(どうだ？　見たか？　これが俺の実力なんだよッ)
ホテルの一室で、慶輔はひとりほくそ笑んだ。

§§§§§　§§§§§　§§§§§　§§§§§

堂森《どうもり》に住む雅紀たちの祖父母は、心身ともにげっそりと疲れ果てていた。

普段はいたって閑静な住宅街であるはずなのに、息子《慶輔》の本が出版されてから周囲は騒然としている。

家の外を取り巻いているのは、非常識なマスコミ。いや、ジャーナリストを名乗る資格もない卑劣な無頼集団であった。

おかげで、一歩も外には出られない。

楽しみにしていた美術館巡りの予定もダメになり、近くの公園に散歩に出るどころか、スーパーマーケットに買い物に行くこともままならない。

そんな非常事態を心配して長男《明仁》と三男《智之》が入れ替わり様子を見に来てくれていたが。それもしつこいマスコミの餌食《えじき》になるだけで、このところは自粛《じしゅく》状態であった。

いや。その息子たちの自宅にも親戚《しんせき》筋にまで、ハゲタカは容赦なく襲いかかっている。

四六時中鳴りっぱなしだった家の電話もインターフォンの電源も、今は切ってある。それでようやく静寂という名の平穏を取り戻しても、災厄が去ったわけではなかった。

孫である雅紀《まさき》から慶輔の赤裸々な告白本という名の暴露本が出るらしいと聞かされたときには、憤激のあまり血圧が限界レベルを振り切ってしまって気分が悪くなり、そのまましばらく入院する羽目になった。

いや……。そのままポックリ逝《い》ってしまったほうが、よほどマシだったかもしれない。

まったくもって笑えない冗談ではあるが、篠宮の祖父――拓也《たくや》にとってはけっこうシビアでデリケートな本音であった。

八十歳を過ぎて、まさか、こんな惨めで腹立たしい仕打ちを受けるとは考えもしなかった。予想も、できなかった。

出来のよい自慢の孫たちに囲まれて、悠々自適の隠居生活。それが根本から崩れ去ってしまったのは、一番の出世頭と言われた次男《慶輔》の一連の不倫騒動であった。

まったくの寝耳に水、まさに青天の霹靂《へきれき》であった。

その不倫が昨日今日に始まった浮気ではなく、もう何年も前から続いていたのだと知って啞《あ》然《ぜん》とし。不倫関係を清算するどころか、家族を捨てて愛人の元に走った慶輔がまったく理解できなくて呆然とし。しかも、家族を不幸のどん底に叩《たた》き落としても平然としているその無神経な非常識ぶりを目の当たりにして、ただ絶句した。

一番出来がよかった息子の突然の狂乱ぶりが——信じられなかった。

それが内々の醜聞で済んでいるうちは、まだよかった。どれほど世間体が悪くても、周囲は声を潜めて噂《うわさ》するだけで、直接の実害を被《こうむ》ることはなかったからだ。

なのに。自転車通学の男子高校生ばかりを狙《ねら》った凶悪事件の被害者として尚人《なおと》が病院に担ぎ込まれ、雅紀の存在がクローズアップされた——とたん。すべてが根こそぎひっくり返ってしまった。

内輪の醜聞にすぎなかったものが、公然の大スキャンダルになってしまったからだ。

そんなことが本当に起こるなんて——信じられない。まさに、悪夢だった。

それからは、一パーセントの事実に九十九パーセントの憶測をつけまくった根も葉もない噂話が、ひたすら坂を転がり落ちていった。

慶輔一個人の問題ではなく、その余波は止まることを知らなかった。それが雅紀の異相の先祖返りにまで飛び火し、拓也にとっては苦々しいだけの過去をも蒸し返されることになった。その当時には極めて珍しかった、外国人の父と日本人の母を持つハーフ・ブラッドとしての。

それは、慶輔の不始末をおもしろおかしく書き立てられてすこぶる肩身の狭い思いをする憤激とは別次元の、他人には触れられたくない秘部であった。

だから。つい、口が滑った。

『尚人さえあんな裏道を通らなかったら、わしたちがこんな理不尽な世間の晒《さら》し者になることもなかった。まったく、忌々《いまいま》しい』

ただの愚痴《ぐち》だった。

あることないことをさも真実であるかのように暴き立て、全国ネットで垂れ流しにされることに苛《いら》ついて出た憎まれ口であった。

ところが。

『それを言うなら、諸悪の根源はあの人でしょう？　ナオのせいにしないでください。それでなくてもナオは、下手をすれば命に関わることになっていたかもしれないのに……。不愉快です』

雅紀は憤然と言い放った。

三人の息子にも妻にも、面と向かって不愉快呼ばわりなどされたことはなかった。なのに、よりにもよって、人前で孫に諌《いさ》められた。

それで、思わずカッとして、

『二度と家の敷居は跨《また》ぐなッ』

雅紀に絶縁宣言を叩きつけた。

本心ではなかった。ただの弾みだ。

ただの愚痴のつもりが、どうにもこうにも引っ込みがつかなくなっただけのことだった。

雅紀ならば、それくらいわかってくれていると思っていた。頑固な老人のメンツを損なわずに、上手《うま》く和解する方法くらい思いつくだろうと。こちらが下手に出られない暗黙の了解を上手く察してくれるに違いないと。

だが。妻が執り成しの電話を入れても、雅紀は折れなかった。しばしの冷却期間をおけば、双方のわだかまりも自然に解けてしまうだろうという身勝手な老人の目論見《もくろみ》を痛打するかのように。

そして、知った。

思い知らされた。それが、雅紀の自分に対する明確な拒絶であることを。

悔いていないはずがない。

だが。激昂《げっこう》して吐き捨てた暴言を撤回するには、歳を取ってますます気難しさが増してきた頑固一徹な性格が邪魔をした。

孫は、雅紀だけではない。そう思うことで、片意地を張り通した。

たとえ、それが、端《はた》から見ればただの滑稽《こっけい》な痩《や》せ我慢にしか見えなかったとしても。老い先短い人生を祖父としての威厳を保つことで全うしたかった。

ところが。そんなささやかな望みも、慶輔の暴露本騒ぎであっけなく潰《つい》えた。告白本には、亡妻や息子《雅紀》との確執だけではなく、自分がいかに実家から冷遇されているかについても赤裸々に語られていたからである。

【兄が書道教室を開くための金は文句ひとつ言わずに出せても、逼迫《ひっぱく》した私の借金問題には聞く耳を持たない。弟が二度目の転職をする心配はしても、私の話は聞いてもくれない。この落差には、今更ながらの憤りを覚えた】

慶輔の恨み節は、ほんの子どもの頃の些細《ささい》なことまで論《あげつら》って、クドクドと愚痴っていた。

これは、本当に慶輔が書いたものなのか？

誰か別の人間が、好き勝手に話を捏造《ねつぞう》しているのではないか？　その疑問が去らない。

何の文句も言わず、手のかからない子ども——それが慶輔のはずだったのに。

今まで積み重ねてきた物が、ガラガラと崩れ去っていく。

いったい、なぜ？

どうして、そんなことに？

この歳になって、なぜ、我が子からこんな仕打ちを受けなければならないのか。

憤激で灼《や》ける喉《のど》。

煮えたぎる——思考。

強制的な引きこもり生活になってから、ストレスと血圧も限界値ギリギリだった。

§§§§§　§§§§§　§§§§§　§§§§§

都内のホテルのスイート・ルーム。

数日前からここに移ってきた慶輔は、ご機嫌だった。

リビング仕様になっている部屋のソファーに座って、慶輔は銀流社《ぎんりゅうしゃ》の編集者二人と打ち合わせの真っ最中だった。

二人は各書店の売り上げランキング表を交え、大いに慶輔を持ち上げる。

「スゴイですよ、ホント。単なる水増しじゃなくて、実質、五十万部は確実ですから」

「まだまだ、行けます」

「書評はあくまで書評であって、結局、本は実際に売れてナンボの世界ですから」

「そう、そう。ネットが炎上するくらいの話題性があるということですから」

慶輔は鷹揚《おうよう》な笑みを浮かべて、頷《うなず》く。

その隣で真山千里《まやまちさと》は差し入れの果物を剝《む》き、飲み物が途切れないように甲斐甲斐《かいがい》しく世話を焼く。そうすることが、何の不自然でもない。少なくとも、編集者の目にはしっくりと馴染《なじ》んでいた。

そうして。時間はあっという間に過ぎた。

「それでは、篠宮さん。次の企画が決まり次第、またご連絡させていただきますので」

編集者二人は席を立った。

「はい」

釣られて、慶輔と千里も立ち上がる。

「――では、よろしくお願いいたします」

「こちらこそ、お願いします」

互いに深々と頭を下げ、編集者は部屋を出ていった。

「凄《すご》いわね、慶輔さん。五十万部ですって」

まだ興奮の冷めやらない顔つきで、千里が微笑《ほほえ》んだ。

「これで、借金問題もきっちりカタがついたしな」

ようやく……と言えないこともないが。

世間では博識ぶったテレビのコメンテーターや業界関係者が、あれこれ自分勝手に好き放題吠《ほ》えまくっているが。担当編集者も言っていたように、所詮《しょせん》、どの業界であっても数字がすべてなのだ。

売れない本に価値はない。勝ち組と負け組、そこには明確な線引きがある。

どこの世界でも、勝てば官軍――なのである。

人間、金が絡むと本性が出る。亡妻の奈津子《なつこ》がいつまでも離婚に応じなかったのも、つまりは、そこに集約される。ゴネ得を狙って、うまくいかなくて、最後は自殺してしまったが。

慶輔が多額の債務を負ったときの周囲の反応は、もっとあからさまだった。

誰も助けてはくれなかった。

ファンド・マネージャーとして勤め上げた長年の実績も信頼も、たった一度の失敗で消え失せた。株の損失分は何とか洗いざらいの金をかき集めて補填《ほてん》するという条件で、社内うちでの依願退職という形で収めてもらうことができた。会社としても信用に関わることなので、外聞の悪いことは外に漏らしたくないものだ。

しかし。クレジット会社から借りた金の利子が膨《ふく》らんで、身動きが取れなくなった。

多重債務。自己破産を申請しても、借金がすべて消滅するわけではない。なのに、どんなに頭を下げても、身内は金を貸してはくれなかった。

すべては『自業自得』で切り捨てられた。

だったら。金のためにプライバシーを売るくらい、何でもない。

過去の汚点も屈辱も鬱憤《うっぷん》も、活字になれば金になる。そのことを教えてくれた銀流社には、どれだけ感謝してもしたりないくらいであった。

ド素人《しろうと》の書いた本が五十万部《ハーフ・ミリオン》。世間では、こういうのを『ビギナーズ・ラック』と言うのかもしれないが、まぐれ当たりもそれが大当たりならば、ただの運だけではなくそれも実力のうちだ。

周囲が何を言おうと、関係ない。

周りからどれほどバッシングされようと、変わらずに慶輔を支えてくれたのは千里だけである。やはり、自分の審美眼に狂いはない。そういうことなのだ。

「夢の印税生活っていうのも、悪くはないかもな」

口調は冗談半分でも、内心ではけっこうイケるのではないかと思い始めている。なにしろ、五十万部なのだ。この実績は、間違いなく本物であった。

「第二弾目の依頼も来たことだし」

どん底から這《は》い上がった第二の人生に懸けてみるのも、いいかもしれない。これだけのスキャンダルまみれになったら、もう、まともな職には就けない。

いみじくも、雅紀が言ったように。

『だったら、いっそのこと、これからは、極悪非道なキャラで押し通してしまえばいいじゃないですか。それだったら、何の演技も嘘もなく、地でやれるでしょ?』

押しつけられた世間のイメージというレッテルは、剝《は》がれない。だったら、いっそ開き直って極悪非道に徹してみるのも悪くはない。この先、千里との生活を立て直していく上でも金は必要だ。

「ねぇ、慶輔さん」

「なんだ?」

「だったら、次の本には瑞希《みずき》のこともちゃんと書いてくれない? あの子、何にも悪くないのにあんなことになっちゃって……。もう、可哀想で可哀想で……」

妹の瑞希は、今、心療内科のあるクリニックに入院している。自分たちのトバッチリで、あることないこと嘘八百を並べ立てられて、すっかりまいってしまったのだ。あんなに元気潑剌《はつらつ》とした瑞希が、まるで別人のようにやつれ果ててしまっている。それをただ見ているしかないのが、千里には何よりも辛《つら》かった。

「そうだな。誰かがきちんと真実を話さなきゃ瑞希が可哀想だな」

本心から、そう思う慶輔であった。

我が子よりも赤の他人の瑞希が可愛《かわい》い。そんなこと、誰も本気にはしないが。

瑞希でなければならない、何か別口の理由があるのだとゲスな勘ぐりをするバカも、腐るほどいる。

物の価値観など、均一ではない。そんなこともわからないバカが多すぎる。

言葉は消えていく幻だが、活字は強い。それを実感しないではいられない慶輔であった。

「お願いね?」

念を押すように、千里は慶輔の手を強く握りしめた。

と——そのとき。

部屋のチャイムが鳴った。

「あら。土屋《つちや》さんたち、何か忘れ物かしら?」

銀流社の二人が部屋を辞してから、まだ、五分と経《た》っていない。何より、慶輔がこのホテルのこの部屋に泊まっているのを知っているのは、その二人しかいなかったので。千里はその他の可能性など、まるで考えてもみなかった。

ドアミラーで確認もせず、ドアを開けた。

——が。ドアの向こうにいたのは見知らぬ他人だった。

ひとりは老人。もうひとりは、慶輔とさして歳の変わらない中年。どちらも、男だった。

「あの……どちら様?」

それには答えず。無言でひと睨《にら》みして、老人は千里を押しのけてズカズカと押し入った。

「ちょっ……なんですか、あなたたち。人を呼びますよッ」

常ならぬ千里の叫び声に、

「千里、どうした？」

慶輔が小走りに出てくる。

そして。無断で押し入ってきた二人を見て、唖然と双眸を見開いた。

「親父……。智之《ともゆき》も……」

思わぬつぶやきに、今度は千里が絶句した。

「久しぶりだな、兄貴。ずいぶん捜したよ」

黙して語らぬ父親《拓也》に変わって、弟《智之》が言った。ずいぶんと剣呑《けんのん》な口ぶりであった。

「どうして……ここが？」

「探偵に頼んだ。ド素人が捜すより、プロに頼んだほうが確実だろ？」

慶輔は、あからさまにフンと鼻を鳴らした。

「ごたいそうなことだな」

「そうでもしないと、兄貴、いつまでも捕まらないだろ」

事実である。

電話をかけても通じない。どこにいるのかもわからない。まるで音信不通で、皆、イライラだった。

せめて本が発売される前に慶輔と話をしたかったが、連絡のつけようもなかった。それでプロの探偵に依頼してようやく所在が知れたときには、ホッとしたというより、何かもう、積り積もった鬱憤がざわめき立った。

書道家である長兄には、今の慶輔には何を言っても無駄だからやめておけ……と言われたが。身内の恥をこれ以上黙って見てはいられなかった。

「まぁ、取りあえず座れば？」

「じゃ、遠慮なく。ホラ、親父、座れよ」

智之に促されて、拓也も渋々腰を下ろす。

「千里、お茶を頼む」

「いらんッ」

老人とは思えない張りのある声で一喝され、千里は竦《すく》み上がる。

横目にそれを流し見て、慶輔は露骨に不快な顔をした。

「――で？　何？」

「何って、決まってるだろ」

「俺のサイン本でもほしいのか？」

皮肉を込めて、慶輔が口の端を歪める。

「兄貴の暴露本のせいで、今、俺たちがどんなに目に遭ってるのか……わかってるのか？」

「さぁな」

そんなことには興味も関心もない。本音である。

「……どういうつもりなんだ?」

「今更、何が言いたいわけ?」

「いいかげんにしろって言ってんだよ。あんなひどいデマカセばっか並べ立てて、よく平気な顔してられるな。自分が捨てた子どもの将来がどうなろうと、知ったこっちゃないってか?」

「俺は……売られたケンカを買っただけだ」

誰の? ——とは、言わずもがなである。

「よっく言うよ。盗人《ぬすっと》にも三分の理ってか? よくあんなマネができるな。兄貴、頭がおかしいんじゃねーか?」

本気で神経を疑う。

子どもを持つ父親として、我が子をあんなふうに平然と貶《おとし》める慶輔が、智之にはまるで理解できなかった。

最悪、不倫は許せても。その後の慶輔の言動は、常軌を逸している。今回の暴露本に至っては、反感を過ぎた嫌悪しか感じない。自分たちの日常にまで実害が及んでいるからだ。

「俺は、金がいるんだ。だから、自分のプライバシーを売った。それの、どこが悪い?」

ソファーに踏ん反り返って煙草《たばこ》に火をつけ深く吸って煙を吐き出す慶輔は、まるで三文小説のヒール気取りであった。

「それで、みんなが迷惑してるだろッ。おふくろ、辛労が祟《たた》って倒れたんだぞ」

母親のことを持ち出せば、少しは反省の色が見えるかもしれない。だが。

「そりゃ、おふくろも歳だしな」

智之の目論見は見事に外れた。

「兄貴ッ」

「今更ガタガタ言うなよ、智之。俺だって、払うモンはきっちり払わなきゃ生きていけないんだよ」

ひたすら頭を下げまくって借金を申し込んでも、皆、説教がましいことを口にするだけで金は貸してくれなかった。あの頃のどん底で惨めに喘《あえ》いでいた自分をほんの少しでも気遣っていてくれたら、たぶん、こんなことにはなっていなかった。それこそ、自業自得――だろう。

「どこからどんなふうに金をヒネリ出そうが、俺の勝手だろ」

「身内を不幸にしてまでか？」

「不幸？　そう思うのは、おまえの勝手だ。それに、おまえは嘘だのデタラメ呼ばわりするが、俺は何のデマカセも噴いてない。あれが、俺の真実だからだ」

「義姉《ねえ》さんが亡くなってるんだから、そりゃあ、好き勝手に何とでも言いたい放題だよな。こんなアバズレとの不倫を正当化するために真実の恋……なんて、ちゃんちゃらおかしくてバカ丸出しだけどな」

智之の目が、千里を名指しで非難する。

夫婦のことは夫婦にしかわからない。

よく言われる台詞《せりふ》だが、智之たちの目から見て、こうなる前の慶輔の家庭は本当に理想の家族像だったのだ。それが、どうしてこういうことになったのか、今でも理解不能である。

百歩譲って。慶輔が告白しているようなことが本当にあったのだとしても、それは、何の関係もない赤の他人に暴露する必然性などない。悪趣味も、ここまで来ると我が兄ながら嘔吐《へど》を催す。

「しかも、他人に貢いだ挙げ句に、そいつに血を分けた息子まで殺されそうになったっていうのに、よく平気な顔してられるよな」

ビクリと、千里が震える。

ピクリと、慶輔が身じろぐ。

「瑞希は、そんなことはしない」

「どうして、そう言い切れるんだ？　それこそ、兄貴の言う『不都合な真実』ってヤツじゃないのか？　いいかげん、目を覚ませッ！」

腹の底から一喝する。

「これ以上、嘘八百垂れ流し続けるなら、こっちにも考えがあるからな」

本心である。

弁護士に相談して、然《しか》るべき手を打つ。

これ以上、慶輔の好き勝手にはさせない。たとえ、それで骨肉の争いになろうともだ。

「勝手にすればいいだろ。俺は俺のやり方で金を稼ぐ。第二弾の発行も決まってるしな」

せせら笑うように、言い放つ。

「今度は、我が家の歴史にでもするか？」

一瞬。

ピクリ、と。拓也のこめかみが引き攣った。

「雅紀の異相のルーツを辿《たど》るってことは、俺たち自身の真実を知るってことだからな」

この場のノリで出た口からデマカセだが。ふと、それも悪くないように思えた。

普段は、まったく意識もしていなかったことだが。父親はハーフで、自分はクオーターなのだ。

（ヒョウタンから駒ってヤツ？）

内心、慶輔はほくそ笑む。

「じゃあ、もういいだろ。俺だって暇じゃないんだ。もう、帰れ」

話は終わりだとばかりに、慶輔が立ち上がる。

まるで話にならない。

それを痛感して、憤然と智之が立ち上がる。

「親父。帰ろう」

チラリと拓也を振り返り。

「これ以上、何を言っても無駄だ」

吐き捨てる。

「帰れ、帰れ。二度と来るな」

「来るかよ。そのツラ見てるとヘドが出る」

「いいぞ。こっちから絶縁してやるよ。その方が、いっそ清々するからな」

売り言葉に、買い言葉。

それを、ただオロオロと見つめるだけの千里。

だから、誰も気がつかなかった。

ユラリと立ち上がった拓也の手に、テーブルに置かれてあった果物ナイフが握りしめられていたことに。

「千里、ドアを開けてやれ」

誰も——注視しなかった。

ぎくしゃくと背後から歩み寄ってきた拓也の青ざめた顔つきを。

「この、恥曝《はじさら》しがッ」

低く、怨念《おんねん》のこもった声。
慶輔が。
智之が。
そして、千里が。その声に振り向いた。
——瞬間。
拓也の手にしたナイフは『ズブリッ』——と、慶輔の下腹部にめり込んだ。

《＊＊＊エピローグ＊＊＊》

深夜。

救急病院。

非常灯に照らし出された薄暗いリノリウムの床を、雅紀はゆったりとした足取りで歩いていた。

コツ、コツ、コツ、コツ…………。

静寂の中、足音は思った以上に響く。

通路、最奥。突き当たりのドアには『手術中』のランプが点灯している。

その手前の左には、手術の終了を待つ親族のための待合室がある。ぽっかりと白く浮かんだそこには、陰鬱《いんうつ》で重苦しい空気が垂れ込めていた。

雅紀が足を止めると、ソファーに座っていた中年男性がフイと顔を上げた。

「……雅紀」

そのつぶやきに弾かれたように、ソファーの一番奥に座っていた千里が顔を上げ。ヒクリと息を呑《の》んだ。

そんな千里など眼中にもないという態度で、雅紀は男に歩み寄って深々と頭を下げた。

「ご無沙汰《ぶさた》しております。明仁伯父《あきひと》さん」

「すまんな。こんな時間に、こんなところにまで呼びつけて」

いつもは穏やかな明仁の顔も、すっかり青ざめている。

「……いえ」

慶輔がホテルの部屋で刺されたと明仁から緊急の電話が入ったのは、仕事中はずっと定宿にしているビジネスホテルに帰ってきたばかりのときだった。

今から、来られるか？　――と聞かれて、別に行く気もそんな義理もない雅紀だったが。いつになく動転して取り乱したかのような明仁の声に、慶輔のことより、そっちのほうが気になって。取りあえず『行きます』と答えたのだった。

「まさか、こんなことになるなんて……。こっちもすっかり動転してしまって」

それは、わかる。

普通は、肉親がこういう事件に直面すれば狼狽《うろた》え慌てふためくのが当たり前である。尚人が襲われて病院に担ぎ込まれたと知ったとき、雅紀は顔面から血が引いた。実際に尚人の顔を見るまでは生きた心地もしなかった。

むしろ。たとえどんなクソ親父であっても、父親が刺されて手術中と聞かされても平然としているほうがおかしいのだろう。

雅紀にとっては、もはや不要の父親だが。顔面蒼白《そうはく》な明仁には、まだ弟としての情がある《価値》のかもしれない。

『私たちにとっては、どんな息子でも息子なの』

いみじくも祖母が言っていたように。

「それで、いったい、どういう？」

雅紀は、慶輔が刺されたということしか聞いていない。

「親父と智之が、慶輔の泊まっているホテルに乗り込んで話をしていたらしいんだが。どういう成り行きだかわからんが、逆上した親父が弾みで慶輔を刺してしまったらしい」

明仁の言葉尻《じり》はかすかに震えていた。

（あー……そういうことか）

あの祖父と、あの親父。

昔はどうだったか知らないが、組み合わせとしては最悪ではないだろうか。

そこで、どういう話し合いが持たれたにせよ、結局は決裂の刃傷沙汰《ざた》というパターンがいかにもありがちの展開のように思えて、不謹慎にも、思わず失笑してしまいそうになった。

「祖父《じい》ちゃんは？」

ごく自然の成り行きでそれを問うと、明仁の顔色は更に悪くなった。

「慶輔を刺したショックなのかどうかはわからんが、その場で倒れてしまったらしい。ここととは別の、脳外科専門の病院に搬送《はんそう》された。詳しいことはまだ何も聞かされていないが、どうやら、歳も歳だし、親父のほうが危ないらしい」

「——そうですか」

それで、ここには明仁伯父しかいない理由も納得できる。智之叔父は、祖父のほうに付き添っているのだろう。

どちらにしても、大変なことには違いない。

これでまた、センセーショナルなスキャンダルとしてマスコミが大いに騒ぐに違いない。その先の展開まで読めるような気がして、雅紀はひとつ深々とため息をついた。

「とにかく——すまん。これでまた、おまえには多大な迷惑をかけることになってしまいそうだ」

これまでの経緯を思えば、明仁にもそれが予見できるのだろう。

何と答えていいものやら、さすがに言葉に詰まって。雅紀は、わずかに目を伏せた。

あとがき

はぁぁぁ…………。

頭真っ白。燃え尽きました……。

円陣闇丸《えんじんやみまる》様、超ゴクドーな進行で申し訳ございませぇぇぇんッ！［土下座］

関係者の皆様、ゴメンなさぁぁぁいッ！［土下座・再び］

あれ？　なんか……デジャヴ？

いや、もう……いいです。取りあえず、あとがきまで辿り着けたことが奇蹟……。

これで担当さんからの恐怖の電話がなくなるかと思うと、はぁ……エブリシングＯＫ？

そういうわけで。←強引に話題をすり替えるなッ……とか、各方面から何かしらが飛んできそうな気がしますが。

今回は、ですね。プロットの段階から担当さんがどデカイため息をついていました（笑）。

「ここまでやりますか…？」

「何がぁ？」

「……ドロドロすぎませんか…？」

「や……だって、このシリーズはＢＬじゃなくてＪＵＮＥですモン」

押し切ってしまいました。ハハハ……。

いかがだったでしょう？

こういう展開は予想済み？　それとも、ありえなぁぁいッ！　――とか？

前回は瑞希と千里。今回は沙也加……ということで。これだけ女子が出張ってきている状態では、すでに掟破《おきて》りもいいとこでしょうか。

いやぁ、自分でも、さすがに『二重螺旋』のシリーズが五巻まで行くとは思ってもみませんでした（笑）。

これだけ頑張ったので、ご褒美にドラマCDを出してもらえるそうです。今秋発売予定？

しかもまた全員サービスのプチドラマCDもやってもらえるとか［バンザイ］。

それでは。取りあえず、お疲れ様でしたぁ！

――え？　違います？

や……今は、そういう気分なので。次、また頑張りまーす♡

平成二十二年　六月　　吉原理恵子

この本を読んでのご意見、ご感想を編集部までお寄せください。

《あて先》〒105－8055　東京都港区芝大門2－2－1　徳間書店　キャラ編集部気付
「深想心理」係

■初出一覧

深想心理……書き下ろし

Chara

深想心理

【キャラ文庫】

2010年6月30日　初刷

著者　吉原理恵子

発行者　吉田勝彦

発行所　株式会社徳間書店
〒105-8055　東京都港区芝大門2-2-1
電話048-451-5960(販売部)
03-5403-4348(編集部)
振替00140-0-44392

印刷・製本　図書印刷株式会社
カバー・口絵　近代美術株式会社
デザイン　海老原秀幸

ISBN978-4-19-900577-0

好評発売中

吉原理恵子の本

【二重螺旋】

シリーズ1～4 以下続刊

イラスト◆円陣闇丸

父の不倫から始まった家庭崩壊――中学生の尚人《なおと》はある日、母に抱かれる兄・雅紀《まさき》の情事を立ち聞きしてしまう。「ナオはいい子だから、誰にも言わないよな？」憧れていた自慢の兄に耳元で甘く囁《ささや》かれ、尚人は兄の背徳の共犯者に……。そして母の死後、奪われたものを取り返すように、雅紀が尚人を求めた時。尚人は禁忌《タブー》を誘う兄の腕を拒めずに……!?　衝撃のインモラル・ラブ!!

投稿小説★大募集

『楽しい』『感動的な』『心に残る』『新しい』小説——

みなさんが本当に読みたいと思っているのは、どんな物語ですか？　みずみずしい感覚の小説をお待ちしています！

•応募きまり•

[応募資格]
商業誌に未発表のオリジナル作品であれば、制限はありません。他社でデビューしている方でもOKです。

[枚数／書式]
20字×20行で50〜100枚程度。手書きは不可です。原稿は全て縦書きにして下さい。また、800字前後の粗筋紹介をつけて下さい。

[注意]
①原稿はクリップなどで右上を綴じ、各ページに通し番号を入れて下さい。また、次の事柄を１枚目に明記して下さい。
(作品タイトル、総枚数、投稿日、ペンネーム、本名、住所、電話番号、職業・学校名、年齢、投稿・受賞歴)
②原稿は返却しませんので、必要な方はコピーをとって下さい。
③締め切りは特別に定めません。採用の方にのみ、原稿到着から３ヶ月以内に編集部から連絡させていただきます。また、有望な方には編集部からの講評をお送りします。
④選考についての電話でのお問い合わせは受け付けできませんので、ご遠慮下さい。
⑤ご記入いただいた個人情報は、当企画の目的以外での利用はいたしません。

[あて先]
〒105-8055 東京都港区芝大門2-2-1
徳間書店 Chara編集部 投稿小説係

投稿イラスト★大募集

キャラ文庫を読んで、イメージが浮かんだシーンをイラストにしてお送り下さい。キャラ文庫、『Chara』『Chara Selection』『小説Chara』などで活躍してみませんか？

•応募きまり•

[応募資格]

応募資格はいっさい問いません。マンガ家＆イラストレーターとしてデビューしている方でもOKです。

[枚数／内容]

①イラストの対象となる小説は『キャラ文庫』か『Chara、Chara Selection、小説Charaにこれまで掲載された小説』に限ります。
②カラーイラスト１点、モノクロイラスト３点の合計４点。カラーは作品全体のイメージを。モノクロは背景やキャラクターの動きの分かるシーンを選ぶこと（裏にそのシーンのページ数を明記）。
③用紙サイズはＡ４以内。使用画材は自由。

[注意]

①カラーイラストの裏に、次の内容を明記して下さい。
（小説タイトル、投稿日、ペンネーム、本名、住所、電話番号、職業・学校名、年齢、投稿・受賞歴、返却の要・不要）
②原稿返却希望の方は、切手を貼った返却用封筒を同封して下さい。封筒のない原稿は編集部で処分します。返却は応募から１ヶ月前後。
③締め切りは特別に定めません。採用の方にのみ、編集部から連絡させていただきます。また、有望な方には編集部から講評をお送りします。選考結果の電話でのお問い合わせはご遠慮下さい。
④ご記入いただいた個人情報は、当企画の目的以外での利用はいたしません。

[あて先]

〒105-8055 東京都港区芝大門2-2-1
徳間書店 Chara編集部 投稿イラスト係

キャラ文庫最新刊

ダブル・バインド
英田サキ
イラスト◆葛西リカコ

刑事の上條《かみじょう》が担当する死体遺棄事件の鍵を握るのは、一人の少年。事件の真相を追うが、心理学者の瀬名《せな》はなぜか非協力的で!?

僕が一度死んだ日
高岡ミズミ
イラスト◆穂波ゆきね

12年前に死んだ恋人を忘れられずにいた鳴《なる》沢《さわ》の前に現れた少年・有樹《ゆうき》。恋人の生まれ変わりだと名乗る彼を最初は疑うけれど？

FLESH《フレツシユ》 & BLOOD《ブラツド》⑮
松岡なつき
イラスト◆彩

タイムスリップに成功し、和哉《かずや》と再会した海斗《かいと》。一方海斗との永遠の別れを覚悟したジェフリーは、ウォルシンガムに捕縛され!?

義を継ぐ者
水原とほる
イラスト◆高階 佑

桂組組長の傍で静かに生きてきた慶仁《よしひと》に、分家の矢島《やじま》は、身分差をわきまえず近づいてくる。そんな折、跡目争いが勃発し!?

深想心理 二重螺旋5
吉原理恵子
イラスト◆円陣闇丸

借金に苦しむ父が、ついに篠宮《しのみや》家の暴露本を出版！ 雅紀《まさき》はわきあがるスキャンダルから弟たちを守ろうとするが――!?

7月新刊のお知らせ

秋月こお [超法規すぐやる課(仮)] cut／有馬かつみ
池戸裕子 [小児科医の心配の種(仮)] cut／新藤まゆり
遠野春日 [極華の契り(仮)] cut／北沢きょう
樋口美沙緒 [知らない呼び声(仮)] cut／高久尚子

7月27日(火)発売予定

お楽しみに♡